COLLECTION FICTIONS

Dessins et cartes du territoire de Pierre Gobeil
est le soixante-neuvième titre de cette collection
dirigée par Suzanne Robert.

la route

la ville● D l'île

PIERRE GOBEIL

Dessins et cartes du territoire

roman

ÉDITION DU CLUB QUÉBEC LOISIRS INC.
© Avec l'autorisation des Éditions l'Hexagone
Dépôt légal — Bibliothèque nationale du Québec, 1994
ISBN 2-89430-103-0
(publié précédemment sous ISBN 2-89006-475-1)

Un berger s'adosse au dernier réverbère,
face au noir de la nuit.

R. M. RILKE

Un ciel de la même couleur que la terre,
une nuit qui ressemble au jour, et tous les
personnages réduits par la grandeur de
la scène à la taille de nains.

P. AUSTER

1

Les plus beaux bye-bye, pour que nous les fassions bien, nous devions nous tenir debout, droits, et jeter les bras par en avant pour qu'ils soient perpendiculaires au reste du corps.

Quand c'était le bras gauche, et ce, même en agitant rapidement la main, c'était déjà plus léger et plus drôle, moins tragique sans doute que lorsque c'étaient les deux bras que nous projetions en avant. Perpendiculaires et les doigts grouillant vite, les bras lancés dans l'espace, ils voulaient dire, quand ils étaient deux, que des départs, nous n'en voulions pas. Nous étions jeunes; il nous avait montré.

Debout, droits, raides, avec les bras levés et s'ajoutant l'un par dessus l'autre comme s'il y avait eu plusieurs lignes d'horizon...

Debout, sérieux ou gais, laissant les gestes parler à notre place et allant créer, selon notre habitude, un départ drôle: le bras gauche; le côté «on se revoit dans cinq minutes» avec le droit... et un départ dont on ne voulait pas: nous levions les deux bras. Dans tous les cas, nous lancions les mains et, dans tous les cas, nos doigts s'agitaient rapidement. Nous étions jeunes, et nous avions appris.

Le matin du jour où l'on nous annonça qu'il ne reviendrait plus, nous avions été malheureux, plus que dans tous les films que nous avions vus, et une grande part de cette tristesse venait du fait que nous n'avions pas eu le temps de lui faire un bye-bye.

Nous nous serions mis debout, droits, raides, sérieux ou gais. À coup sûr, ce sont les deux bras que nous aurions projetés en avant et nous aurions fait ce jour-là, avec nos bras lancés en l'air, les bye-bye qui devaient lui dire que des départs nous n'en voulions pas.

C'était l'hiver. Nous étions des enfants. À cause du temps des Fêtes, et parce qu'en cette période de l'année nous nous préparions à rester au chaud, le fait qu'il se soit enfui nous avait frappés, comme frappe un coup en plein visage et qui fait plus mal encore quand c'est dehors et quand c'est gelé. Sans nous embrasser, il avait quitté le collège et, puisqu'il était parti en oubliant là sa tuque et ses mitaines, nous nous étions mis à coire qu'avant les grands froids il ferait demi-tour et il reviendrait.

Dans tout ce que nous avions vu jusque-là, celui qui était parti revenait.

Au cinéma, c'étaient des images qui ressemblaient aux nôtres, et qui montraient des familles et des maisons de bois sur des falaises, des familles où les enfants, comme chez nous, se mesuraient par des coups de crayon sur le mur. Une fois, nous avions vu un film montrant des gens qui vivaient dans une île, et ç'avait été exactement comme c'était chez nous. Nous avions l'habitude de dire: notre campagne... et ce qu'on voyait sur l'écran était très proche de ce qu'on retrouvait chez nous. Il y avait une maison, un chemin, une boîte aux lettres et, si on avançait encore sur la route, on pouvait voir que le chemin menait aux quais où accostait le bac qui traversait à la ville d'en face. Il y avait un cimetière de voitures où on allait jouer pendant l'été; quand il faisait beau, on pouvait faire le tour de l'île à bicyclette et, comme chez nous, les gens dans le film parlaient d'une route qui partait de la ville et qui montait tellement haut qu'on ne savait plus... Ce que nous n'avions pas, nous l'avions vu à la télé, et ce que la télé ne nous avait pas montré, nous l'avions à la maison.

On voyait quelqu'un qui part et qui revient, un enfant qui retrouve sa vraie famille, un amoureux dont on n'a pas de nouvelles et qui, un jour, écrit une lettre. Et nous croyions alors que rien ne pourrait vraiment nous arriver. Dans toutes les histoires que nous connaissions, quelqu'un partait, souvent on voyait des gens s'embrasser sur le quai d'une gare, et puis, après un laps de temps, on revenait un matin, sur le quai de la même gare. (Ce que nous aimions le plus, c'était qu'au cinéma, pour montrer le temps qui passe, on faisait voler en l'air les pages d'un calendrier.) Alors imaginez combien nous avons été perdus dans cette histoire qui ne ressemblait pas aux autres. Parce que ça s'était passé en hiver, nous avions cru qu'il ferait demi-tour et qu'il reviendrait. Et parce qu'il s'était enfui vers le nord à la poursuite d'un vent chaud, nous étions restés là à attendre des lettres, sans savoir quoi faire, sans savoir quoi penser, et sans même lui avoir envoyé la main.

Nous nous serions tenus debout, droits et raides; mais il était parti juste avant Noël et le temps nous avait trompés. Nous nous serions tenus debout, sérieux ou gais, laissant les gestes parler à notre place et les laissant dire, selon notre habitude, que d'un départ, nous ne voulions pas. Nous aurions alors lancé les mains en l'air pour protester contre cet abandon et, pour lui faire signe, nous aurions levé les deux bras.

2

Toutes les semaines qui suivirent, il avait neigé. Et s'il avait filé à l'anglaise, sans prendre le temps de nous embrasser, c'est qu'il ne s'était pas rendu compte qu'à cause d'un départ, parfois, c'est toute la terre qui va basculer.

Au matin, on avait remarqué un gyrophare sur la plate-forme du bac qui faisait la navette entre l'île et le continent; le même jour, des policiers en uniforme étaient apparus à la porte de notre cuisine, il s'était créé un amoncellement de glaces à l'entrée du port... et l'hiver qui, en d'autres temps, aurait dû l'empêcher de s'enfuir, tout d'un coup était devenu un obstacle à notre recherche. C'est comme ça que les choses arrivent parfois. Il était monté dans un camion pour trouver du travail dans un garage le long de la route et tout le reste de notre vie, le temps allait tempêter.

Nous, les petits, nous voulions regagner le continent pour aller le chercher – les policiers avaient dit qu'à cette hauteur, il y avait une station-service au bord d'un lac –, mais le père et la mère, eux, ne savaient plus. C'était l'hiver. Tous les matins, pour sortir la voiture de la cour, il fallait pelleter. On avait entendu dire que le bac allait rester bloqué des jours durant; de plus, le père pensait qu'il allait revenir de lui-même et eux, le père et la mère, ils s'étaient mis dans la tête qu'il valait mieux attendre le dégel.

Nous, nous aurions voulu monter sur la route pour aller le chercher, mais le garage Shell était encore plus haut que la ville et nous n'étions que des petits enfants. Le père avait dit: «Il vaut mieux qu'il revienne tout seul...», et nous avions déjà vu tellement de films où celui qui était parti revenait que nous nous étions mis à croire, avec les autres, qu'il allait écrire une lettre pour dire qu'il allait rentrer.

Dehors, la neige s'amoncelait en bancs le long du chemin; le matin, les moteurs tournaient de plus en plus sec et chaque jour, la glace durcissait.

3

Parce que nous vivions dans un pays où l'hiver dure dix mois par année. Bien sûr, il y avait l'été et le printemps – parfois, le soleil d'automne pouvait être assez fort pour venir caresser la peau – mais un pays où les nuits étaient longues et quand les jours de tempête le bac restait prisonnier des glaces, la chaîne des camions qui faisaient la route allait devoir s'arrêter. Parfois, il n'y avait rien d'autre à faire que ça: il fallait attendre.

Debout, nous regardions la carte sur le mur.

On disait: «La route va par en haut...» On disait: *The road goes straight ahead...*, et après on rajoutait: «La route, elle est construite depuis tellement longtemps qu'on ne sait plus où elle va...» Sur la carte, il y avait les dessins des bêtes réparties selon leurs aires d'habitation. Certains disaient aussi que la route montait en ligne droite jusqu'au pôle Nord, mais nous savions bien que ce n'était pas sérieux. On disait qu'autrefois, il y avait eu des postes de traite tout le long de la route, et ce, sur tellement de kilomètres qu'on ne pouvait pas les compter. Après, c'était la glace, et on affirmait que la route, elle se perdait sous la glace.

Nous écoutions et, sans oser intervenir, nous anticipions le moment où l'on dirait que la route, elle s'enfonçait dans le noir.

«On peut monter, mais c'est tellement loin. Et puis après, on ne sait plus. Ça fait tellement d'années. C'est toujours l'hiver avec des chemins d'hiver. L'été ne va pas jusque-là. On parle d'un vent chaud, mais la route est censée aller plus loin que le printemps. D'abord, c'est la nuit. Plus haut, les camions vont rouler dans un jour sans fin.»

Dans l'île, le père et la mère rencontraient parfois des gens qui avaient conduit des camions autrefois. Ils ne leur posaient pas de questions, mais à voir leur air malheureux, les hommes parlaient et s'ils avaient du temps, les plus vieux se remémoraient des lieux perdus, avec des noms indiens, ou encore des lieux plus proches avec des noms français qui, presque invariablement, rappelaient une tragédie: Grand-Feu, Sainte-Marie-de-l'Estropié, le Prêtre-Gelé... Les noms français nous laissaient songeurs tandis que les noms indiens venaient nous terroriser: Wemindji, Whapmagoostui, Kuujjuaq... Sur la gauche de la carte, il y avait la mer, sur la droite, une autre mer; et la route qui montait vers le nord passait entre les deux. Grande Baleine, Manicouagan, rivière aux Tonnerres, la route allait entre les rivières et les sapins, entre les lacs, les rochers et les noms; après, elle continuait.

Nous savions bien qu'il y avait là-bas, sur le continent, une piste avec de vieux écriteaux, mais, si tout le monde s'accordait pour dire que la route montait très haut, personne ne pouvait nous expliquer vraiment jusqu'où la route allait. À la sortie de la ville, il y avait des champs; après, la forêt recouvrait la terre sur d'immenses étendues. Les camionneurs pensaient que l'hiver allait être froid, et la mère demandait: «Vous vous ennuyez?...», et pour faire comme lui, nous ne lui répondions pas. Les jours étaient devenus si longs. Peut-être n'existe-t-il pas d'autre façon d'attendre que de rester les yeux grands ouverts et de fixer devant soi? Parfois, à cause, de la tempête, la lumière du phare venait créer des ombres et des lignes qui allaient d'un mur à l'autre; parfois, le simple tic tac de la pendule venait nous rappeler...

4

Nous étions toujours tous les trois.

Nous passions nos journées dehors et l'été, nous pouvions faire tout le chemin de la falaise, plusieurs fois par jour, sans compter. L'hiver, ce que nous aimions le plus, c'était de marcher dans la neige.

Disons aussi qu'il était notre héros, que nous avions des bicyclettes. L'été, nous restions des heures à jouer dans le cimetière de voitures tandis que le moment le plus merveilleux du temps de Noël, c'est quand nous allions couper un sapin. C'est drôle, les dernières images que nous avons de lui viennent de là. Les jours de pluie. Les matins venteux. Les nuits claires et les soleils de midi. De ce qui se passait ailleurs et de ce qui nous arriverait après, nous ne savions rien. Le soleil tournait autour de nos têtes: peut-être étions-nous trop jeunes pour comprendre ce que ça voulait dire, un dessin caché?

Il y avait eu du vent et de la pluie... Quand on se levait le matin, du givre recouvrait les voitures, et les grandes bourrasques qui feraient tomber ce qui restait de feuilles se produisaient en fin d'avant-midi. Il y avait eu de la neige. Au printemps, c'était de l'eau qui coule... après, l'été, le sable; une risée courait dans le foin des dunes. Il y avait eu le soleil qui se lève, qui monte et qui descend, et les choses, du plus loin qu'on s'en souvienne, commencèrent comme ça. Sans voir venir, nous nous étions mis à coller notre oreille contre sa poitrine, à rire parce qu'il nous faisait rire, à l'écouter, parce qu'il avait des mots qui savaient toujours nous étonner. Et nos histoires, les plus belles et qui sont celles que nous voulions garder, viennent de là. De la lumière qui change avec les heures, du bruit que font les fils électriques quand il vente et des mots que nous ne nous lassions pas de répéter: Cassiopée.

C'était l'heure d'été. Les jours étaient les plus longs de l'année, et parce qu'il avait de nouveaux amis qui nous faisaient peur, nous n'osions plus l'attendre dans les marches de l'escalier comme avant. Vers la fin de juillet, nous avions découvert un dessin sur son bras. Le bruit courait qu'il avait des cicatrices sous sa veste et nous avions appris en même temps qu'un tatouage sur la peau, on ne pouvait jamais l'enlever.

C'était une machine en couleurs avec des roues et des ailes, juste là où le muscle grossit lorsque le bras est replié, juste là où la chair devient dure quand les membres s'étirent et qu'ils sont tendus. Il ne rentrait plus à la maison comme avant, avec nous, il n'était plus le même... et puis tout d'un coup, la vie avait changé.

Un bateau ou un camion?... Avec des ailes ou avec des voiles, des roues ou des vagues; avec lui, nous ne savions jamais vraiment. Polychrome et magnifique, un amalgame de couleurs qui roulent dans la neige ou volent dans le ciel, qui glissent; même s'il restait immobile, le simple fait de sa respiration rendait la chose vivante et secrète comme un moteur qui tourne au ralenti.

Peut-être aurions-nous dû voir dans cette transformation le signe de quelque chose qui disait que la vie n'était pas simple et que le bonheur, ça ne pouvait être un objet que l'on va garder?

Nous étions jeunes, tout petits, mais nous nous rappelons encore ces mois qui précédèrent l'automne où on le mit au collège. Un été à l'attendre; avant le repas du soir, nous regardions par-dessus notre épaule en regardant la télévision, après, nous allions nous asseoir dans les marches de l'escalier. Un été à l'attendre; nous l'avons dit. Du matin au soir, tout l'après-midi... En juin, nous pouvions toujours aller à sa rencontre sur le chemin, mais avec le mois de juillet, c'était devenu inutile parce que la plupart du temps nous savions qu'il ne rentrerait pas. Il avait quatorze ans; au mois d'août, il eut quinze ans. À mesure que l'automne s'approchait, sa voix changeait. À la rentrée de septembre, il était devenu un homme.

Alors aurions-nous dû voir venir le gouffre dans lequel nous serions plongés? Il y avait eu des signes, c'est sûr, et petit à petit notre bonheur avait été mis à l'épreuve, mais qu'est-ce que l'on peut faire quand on n'est pas plus haut que ça et que le monde autour est en train de s'écrouler?

Septembre était venu et, après lui, octobre, le mois qui apporte un peu de brume entre les buttes. Après sa fuite en décembre, nous avions voulu monter au garage Shell situé là-bas dans les arbres, et puis, comme les autres, à cause de la neige, du vent et de la glace surtout, nous nous étions mis à faire des efforts pour penser à autre chose et à attendre le printemps. Sans que nous le sachions, la froidure nous avait fait basculer dans le monde des grands.

5

De cette façon-là, peut-être croyions-nous avoir moins mal? Lentement, les semaines passèrent, interminables, comme si les semaines avaient été des années. Et de cette façon-là encore, peut-être croyions-nous lui montrer notre indépendance et venir l'étonner?

Les jours raccourcirent un peu plus, et son image entra dans le silence comme la piste que nous imaginions là-bas s'était perdue sous la glace. Parce que nous attendions des lettres que nous ne recevions pas. Parce que les fois que nous rencontrions quelqu'un au village, nous baissions les yeux. Parce que la mère, quand elle passait devant la chambre de l'étage et qu'elle nous voyait là, à regarder les photos, elle refermait la porte sans parler, alors qu'avant elle aurait dit: «Vous vous ennuyez de lui...», et même si cela avait fait redoubler nos larmes, nous nous devons de le dire, cela nous avait fait du bien.

Et puis les vrais froids, les plus terribles, ceux qu'on n'ose même pas imaginer quand c'est l'été, arrivèrent avec la nouvelle année comme c'est souvent le cas; peut-être parce qu'en ce temps-là, il ne reste plus rien à faire que de se protéger. Janvier était venu et, comme les camionneurs l'avaient annoncé, la vague de froid dura jusqu'à la fin du mois. En plus, et sans que l'on sache vraiment pourquoi, le père et la mère se mirent tout d'un coup à faire comme si nous avions été leurs seuls enfants. De cette façon-là peut-être croyaient-ils avoir moins peur? C'était l'hiver. Comme ils ne parlaient plus de lui, nous croyions qu'ils étaient devenus méchants, et parce que les autres avaient pris le parti de s'en détourner, nous nous étions sentis trahis. C'est qu'imperceptiblement les choses changeaient. Nous avions su qu'on avait vidé son pupitre et mis quelqu'un à sa place et, ce qui nous avait fait le plus mal, c'était qu'au collège, son professeur avait dit qu'il s'était absenté. Une fuite devenait un voyage, le père et la mère s'inventaient une famille comme celles que nous avions vues à la télévision, et avec le temps, tout redevenait normal.

À cause de la lassitude, aussi à cause du mauvais temps, les rumeurs s'espacèrent comme ce fut le cas pour les nouvelles du samedi, comme pour nos pleurs dans les oreillers, comme c'est le cas pour toute chose pendant ce temps-là. En hiver, mettons janvier, février, il y a des jours où le bac reste pris dans la glace et il arrive même que l'on perde de vue le voisin pendant des semaines. On ne reçoit pas de lettres ni de coups de téléphone, et même son premier voisin devient un étranger.

Rien d'autre à faire que de penser à la solitude du continent et à la route qui va vers le nord. Lorsqu'on suit cette route, ça doit être un peu comme dans ce poste d'essence que les camionneurs ont envahi à cause de la tempête. Rien d'autre à faire que de conjuguer le verbe *patienter*. Et puisque le *grader* ne part pas, rien n'est important et il faut attendre. On s'invente des jeux.

Ce sera tellement grand! Le plus difficile sera de compter les journées. Avec des heures qui durent, qui durent... Au début, ce sera plus simple parce qu'il y aura encore la radio, et, même si les arbres se feront rares, je pourrai me raccrocher à quelque chose. Ça fera drôle d'entendre parler.

Ce sera tellement loin! Après, quand je serai rendu assez haut, je me retrouverai tout seul. Il y aura le bruit du vent et du moteur... mais ce sera un peu comme lorsqu'on est sur le point de perdre l'équilibre et que tout devient beau. Plus haut, on dit que c'est tout le temps comme ici, quand on marche sur le lac gelé.

Quand le grader s'arrête, il est impossible d'aller plus loin. Une enseigne lumineuse éclaire la cour, et, jusqu'à ce que la tempête cesse, il n'y a rien d'autre à faire que d'inventer des jeux, que d'avancer des chaises et que de poser des questions aux chauffeurs des camions.

Sur la chaussée, les relais, sur les arbres... On dit qu'on peut voir des ours blancs. Sur la lumière et la durée du jour. On dit que ça peut être la nuit très longtemps et que lorsque c'est le jour, c'est un jour sans répit, avec une lumière blanche qui ne faiblit pas.

Pour l'instant, il faut attendre. Pour oublier qu'il fait froid, on surchauffe la bâtisse, aussi voit-on couler de l'eau sur les bras des hommes. C'est la nuit à des kilomètres et des kilomètres autour. Seule la coquille jaune éclaire la devanture du garage. Je pose des questions et les hommes boivent jusqu'à plus soif.

«Pourquoi la route, pour du travail? Ceux qui l'ont faite ne sont jamais revenus.»

Pour se garder éveillé, on tire du poignet, et quand les hommes sont sur le point de se battre, quelqu'un vient créer une diversion en ayant l'air de s'intéresser à mes questions.

«Quand on part d'ici, un matin, et qu'il fait beau, oui, au printemps... quand on part d'ici, avec du gaz pour rouler, et qu'on va devant comme ceux qui s'y sont risqués... Si le moteur lâche, il faut sauter sur le marchepied d'un autre camion et si on s'enlise, on va attendre que la poudrerie déblaie le chemin. Mais quand on part d'ici et qu'on va vers le vent chaud...»

«Regarde, toi... ici sur la carte. Regarde la main et pense que c'est un camion. Ici, Salluit, Pognutivik... là, Kuujjuaq. Tu vois, c'est plat... et les hommes vont là-dedans depuis des années.»

«Regarde... Ça t'étonne? À partir de cette ligne, on parle l'inuttitut. Plus haut... Regarde, ici la main roule avec la boule. C'est pas grand la terre quand c'est pris comme ça.»

Un camion postal allait malgré le mauvais temps, et quand la caméra s'avançait sur la route, ce qui nous rendait l'aventure plus étonnante encore, c'est que nous avions l'impression d'être assis juste à côté du facteur. Il y avait une boîte aux lettres avec un drapeau rouge accroché dessus; dans le film, un garçon allait grandir et devenir un homme, une lettre tombait d'un sac, quelqu'un en passant la ramassait... dans les «Walt Disney», parfois, une lettre destinée à un enfant traversait les continents et faisait le tour de la terre. Pour montrer l'Afrique, l'écran devenait noir; pour la Chine, c'était une musique sautillante et des chapeaux pointus; et des fois, une lettre qui avait erré pendant des années finissait par retrouver son chemin et par arriver chez son destinataire. Le petit garçon était devenu un homme aux cheveux blancs. Un matin, on avait relevé le drapeau devant sa maison: c'était celle qui était au bord de la route et vers laquelle fonçait le camion tantôt.

Bien sûr, pour marquer le temps, on faisait voler les pages du calendrier et, pour montrer la persévérance, on disait que toute sa vie, le garçon avait attendu une lettre qui n'arrivait pas. Quand il faisait beau, le camion allait gaiement et quand le vent soufflait du nord, on pouvait le voir lutter contre les intempéries avec mauvaise humeur, comme s'il avait été une personne.

Parfois, par un gros plan sur un arbre, on faisait défiler les quatre saisons.

Bien sûr, quand le drapeau n'était pas levé, ça voulait dire qu'il n'y avait rien... mais nous étions comme ce petit garçon qui croyait encore possible que le vent ou un oiseau ait pu rabattre le signal; ne nous avait-on pas dit que cet homme, qui brossait un chien à la télévision, était mort et qu'on gardait son corps dans la glace?

Ce qu'il nous fallait retenir, c'est qu'un jour, le facteur nous apporterait des lettres et même si lui, il était encore loin, il était clair que les choses ne seraient plus jamais ce qu'elles avaient été avant. Parce qu'il aurait donné des nouvelles, nous saurions qu'il ne nous avait pas oubliés – il annoncerait son retour dans l'île, il se pourrait aussi que le temps vire au beau – et puisqu'il se serait décidé à rentrer, nous préparerions toute la maison comme pour une fête. Un jour, comme dans le film que nous avions vu, le facteur relèverait le drapeau de notre boîte et ce serait ce jour-là comme si tout à coup l'hiver était fini.

À la station, j'ai trouvé des skis de bois. Quand il fait tempête et que la route est bloquée, je glisse dehors. J'ai battu une piste qui monte par en haut et je trouve magnifique la tache que fait sur les sapins la surface d'un lac gelé.

Il nous dira ce qu'il voit et nous aimerons l'entendre parler du blanc et du silence; notre plaisir sera immense, avec les mots il nommera, et nommer fait naître les choses. Il nous dira qu'il avance sur la route et nous aimerons l'entendre dire qu'autour du camp il y a des geais bleus, l'entendre réciter ce qu'il mange pour les repas; ce que nous aimerons le plus, ce sera quand il dira qu'il a eu des nouvelles de par en bas. Il parlera de nous. Il dira avoir rencontré des camionneurs qui connaissent l'île. Il dira aussi avoir su que nous allions tous les jours à l'école... et il en parlera comme il en a toujours parlé: avec les mêmes mots qu'il employait pour se moquer de nous lorsque nous étions paresseux.

«Les morveux...» Il dira: «Je les vois, assis sur le toit de l'autobus, les morveux...», et puis il ajoutera «à cuire sur la tôle brûlante...» parce qu'il raconte que ce que nous préférons, c'est de jouer aux chats et d'aller dormir sur le toit du vieil autobus tombé sur la plage.

Il dira aussi: «L'hiver, ils doivent se plaindre d'avoir à déblayer l'entrée du garage. À quatre heures, ils écoutent *Bobino* le nez collé sur l'écran de la télévision; les morveux sont fous.»

Ce que nous aimerons le plus, ce sera quand il parlera comme il parlait avant, avec les mêmes mots et cette façon qu'il avait de dire le contraire de ce qui était. Fou pour drôle, écœurant pour merveilleux... «Les morveux n'aiment vraiment pas la crème glacée...» Il dira aussi mettre sa tuque, ses mitaines et son foulard «jusqu'aux yeux» et ça, ça voudra dire qu'il nous ressemble lorsqu'il va dehors. Il dira glisser sur la neige et parce qu'il parlera avec les mots que nous connaissons, il nous semblera qu'il oublie la route, les camions et cette longue remontée d'un continent dont il avait rêvé.

Le silence qui règne ici quand il n'y a pas de vent, c'est difficile à décrire, mais je présume que si la neige est blanche, le silence, lui, doit être bleu.

Les camions montent et descendent. À la hauteur de la coquille Shell qui flotte au-dessus des arbres, la route fait un bon bout droit avec des tournants à chaque extrémité: les deux dans la même neige, les deux dans les mêmes sapins.

Nous ne retiendrons que le mot *Shell,* que le mot *neige,* que le mot *sapin.*

Des fois, à regarder ce va-et-vient, je perds le sens des deux directions et, pour retourner en bas, je ne saurais plus de quel côté aller.

9

*Du tournant de par en bas, c'est d'abord l'enseigne
lumineuse que j'ai aperçue dans la nuit. J'avais quitté le collège
le matin et si j'avais eu la chance de stopper deux voitures assez
rapidement, j'avais quand même dû marcher un bout de temps
avant d'avoir quitté définitivement la ville et atteint la route.*

*Déjà, après moins d'une heure, on ne voyait plus que des
arbres, les panneaux indicateurs ont été vite dépassés et si, en
descendant, l'image d'un garage délabré me semble loin de midi,
c'est que la nuit vient vite en automne et qu'on ne voit pas long
de jour en décembre.*

*Le chauffeur a continué. Il y a quelque chose de triste à
fixer des feux rouges qui s'éloignent dans le soir et je me suis
senti abandonné en suivant le camion du regard jusqu'au tournant. Après, j'ai marché vers le garage et la lumière de l'enseigne
m'a fait voir la trace que mes pas avaient laissée dans la neige:
deux lignes parallèles sur du blanc. J'ai pensé: il n'y a rien à
faire ici et le moindre détail attire l'attention.*

*Devant une bâtisse composée d'un bureau auquel se jouxte
une salle en béton, je n'ai pas été bien long à comprendre que
mon travail se limiterait à servir de l'essence et que l'atelier de
mécanique était fermé depuis longtemps. En haut de la porte, il
y a une date. Il y a aussi l'électricité, une toilette avec un lavabo...
mais on dirait que le garage est plus vieux que ça. Il n'y a que
la grosse coquille jaune qui semble récente en fait, vue d'en bas*

et dans la nuit, on dirait qu'elle est neuve. Le reste de la bâtisse me semble sur le point de s'écrouler.

Il neige. Il neige tout le temps. C'est la nuit aussi le plus souvent, au garage Shell, entre les tournants; le jour n'est pas là avant sept heures et dès trois heures et demie, l'enseigne s'allume. C'est automatique.

10

L'hiver, une piste sur la neige et des camions qui roulent dessus; de la glace, l'horizon qui est immense, et toujours cette idée de monter plus haut. Pour satisfaire son tempérament de garçon, il fallait qu'il se soit rendu encore plus loin que jusqu'où on pouvait aller et, pour qu'il soit content, il fallait que les choses soient belles et que le monde soit plus grand que tout ce que l'on voyait autour. Nous posions des questions sur le vent. On disait: «Des hommes ne sont jamais revenus...» et les chauffeurs qui descendaient du bac cherchaient à s'esquiver. Parfois quelqu'un avançait bien quelque chose, mais c'était toujours par ouï-dire et, finalement, même les chauffeurs qui prétendaient savoir n'en disaient pas beaucoup.

«Le ciel de la même couleur que la terre... tu disais ça pour vrai, Ti-Lou?»

Nous rêvions de quitter notre école et de grimper dans un camion. Parce que la route était solitaire, tout le long du trajet il y avait des indications, et parce que la route était longue aussi, au début il y avait la ville, des motels, des restaurants et des garages. Mais ce que nous imaginions, c'était d'aller plus loin que la ville d'en face, les motels, les restaurants et les garages. Nous voulions monter au poste d'essence perdu dans les arbres et, pour le retrouver, nous aurions franchi cent milliards de sapins.

La nuit, comme dans le film que nous avions vu, nous rêvions que nous prenions le bac et que nous grimpions sur la banquette d'une énorme machine, que nous roulions des jours et des jours sans nous arrêter... et c'était toutes les nuits comme ça. Dans notre rêve, nous inventions des garages Shell tellement loin que nous ne pouvions jamais les atteindre et, dans la réalité, c'était comme dans notre rêve. Nous pleurions, nous nous barricadions dans sa chambre et, le soir, nous nous asseyions à la fenêtre pour regarder la neige tomber. C'était bleuté ou c'était blanc. C'était doux et ça se devait d'être grand.

Il y avait d'immenses espaces que nous n'essayions même plus de compter tant les chiffres étaient grands et les kilomètres nombreux. Il y avait aussi le vent qui allait rouler sur la glace et qui, du matin au soir et toute la nuit, émettait un sifflement bien inutile parce que personne ne l'entendait. Un jour, il nous avait dit une chose comme ça. Comme il nous avait dit que la terre n'était pas trop grande pour toute la posséder, que le vent sur la neige rendait nos corps ailés et que, sur le bleu de la mer, on faisait glisser des bateaux.

Nous disions: «Tu crois que c'est vrai, Ti-Lou?»

La route du Nord, elle allait encore plus loin que ce que l'on pouvait retrouver sur les cartes, et nous savions que son rêve, c'était d'aller jusqu'au bout. Depuis toujours il avait tracé des chemins, et d'aussi loin que nous pouvions nous souvenir, nous nous rappelions avoir vu sa main planer sur des globes terrestres. Quand on la regardait bien, sa main, on pouvait voir qu'elle ralentissait au-dessus des lieux qui n'étaient pas nommés. Il disait que les hommes ne vivent pas là-bas. Sur les cartes, il voulait comprendre les dessins des légendes; les premières images du vent et de la plainte qu'il faisait dans la nuit, c'était lui qui nous les avait données.

On disait: «Ça fait si longtemps...», et puis on ajoutait: «C'est si froid dans ce coin-là que la terre est gelée toute l'année. Une route, quand ça fait trop de temps, ça disparaît...», et nous voyions un chemin d'asphalte avec ses lignes et ses signaux s'engloutir et pénétrer lentement sous la glace.

Certains prétendaient que la route s'arrêtait à Grand-Feu, mais lui, qui pensait savoir, jurait qu'elle allait encore plus loin que le Prêtre-Gelé. Nous écoutions dire «Prêtre-Gelé» et nous voulions poser des questions.

La route, une fois qu'elle avait pénétré sous la glace, est-ce qu'elle ressortait ailleurs? Et c'était comment là-haut? Ça devait être blanc, nous le pensions, mais le vent, se pouvait-il qu'il soit plus fort, qu'il frappe plus violemment le visage ou qu'il fasse plus de bruit que le vent de l'île? Nous étions terrifiés. Des noms comme Prêtre-Gelé ne pouvaient pas être innocents. Qu'est-ce qu'on avait trouvé là-bas et est-ce qu'il y avait un lien à faire avec les camions? Sur la carte du mur, le premier dessin de la légende est le lièvre d'Amérique qu'on appelle en anglais *the snowshoe hare...* Nous aurions voulu le demander et il n'y avait personne pour répondre à nos questions. On avait oublié. On n'y était jamais allé. Celui qui aurait pu nous raconter n'était plus.

11

Il y eut un redoux. Comme ça arrive parfois, trois ou quatre jours où, sans que l'on sache pourquoi, le temps vire au beau. Des fois, s'il pleut fort, les lacs vont caler. On s'installe sur les quais les pieds pendants dans le vide.

Il y eut aussi des jours assez secs pour que sur l'asphalte du garage nous mettions nos pieds, nos doigts; pour que nous dessinions nos mains avec des craies. Mais ça ne dure jamais longtemps. On dit un redoux et, tout à coup, arrivent trois ou quatre jours dans l'hiver qui font penser à l'été.

Le premier jour de mars, on parlait d'une possibilité de printemps, et le père, qui avait arraché une page du calendrier, se mit à penser qu'avec le dégel il lui serait possible de se rendre sur la route. Le va-et-vient du bac devenait plus régulier et peut-être était-il permis de croire qu'avec le beau temps on pourrait gagner le garage Shell avant qu'il ne soit trop tard?

Avait-il abandonné son projet d'aller plus haut vers le nord – là-bas, on dit que c'est toujours l'hiver, un chemin va entre deux océans – et si le père réussissait à atteindre la station-service, accepterait-il de revenir dans l'île pour l'été?

À mesure qu'on arrachait les pages du calendrier, on pouvait supposer que de l'eau se mettait à couler sous la glace et que sous la neige devenue rose, grise ou noire sur le côté des chemins, il y avait une force qui amorçait un changement que l'on n'arrêterait pas. On parlait de la marmotte. Les plus vieux, ceux qui étaient encore assez en forme pour aller en forêt, faisaient des efforts pour se remémorer la hauteur des nids de guêpes. Et puis on était allés chercher dans l'almanach des détails qui disaient qu'une fois tous les cent ans, l'hiver disparaissait tout d'un coup. Certains y croyaient, d'autres, à la ville, ou ceux qui habitaient les grandes maisons de bois le long de la côte, juraient qu'il valait mieux rester sur ses gardes et que la chose à faire, c'était de se méfier... car peut-être la vie était-elle si excitante là-bas qu'il n'avait pas le temps d'écrire un mot, faire un geste et qu'il refuserait de traverser le bras de mer et de rentrer?

Le jour où le temps fut assez beau pour laisser croire que le bateau ne resterait pas prisonnier des glaces, le père voulut prendre le bac du soir.

Pour aller plus vite, il dormirait à l'hôtel; de cette façon-là peut-être espérait-il gagner du temps sur le lendemain? Nous étions fous de joie. Il était rare que le père change d'idée comme ça; avant Noël, c'était lui qui avait été le premier à essayer de nous convaincre qu'il valait mieux attendre..., et puis tout d'un coup, à cause de quelques jours d'un vent venu du sud, il s'était mis à faire les cent pas, comme nous, à regarder par la fenêtre de la cuisine, comme nous le faisions; lorsque sa décision fut prise, nous étions descendus ensemble sur les quais.

Quel est le phénomène qui fait qu'après seulement quelques jours de beau temps on est prêt à croire que l'hiver est fini et que notre déplaisir va disparaître sans laisser de trace? Nous ne saurions répondre, mais n'eussent été les lames d'eau noire qui venaient s'écraser avec fracas contre les montures des pontons, nous nous serions remis à croire que la vie était belle, et que ce décor inventé de toutes pièces pour un théâtre d'épouvante, il était agréable. Se pouvait-il qu'il soit là-bas, juste en face, qu'il soit revenu à la ville sans qu'on nous prévienne et que tout ça, la fuite, sa course sur la route du Nord... Se pouvait-il que tout ce qui s'était passé chez nous depuis le début de l'hiver ne soit qu'un mauvais rêve et qu'une fois le père de retour nous allions nous réveiller?

Nous avions déjà vu un film comme ça. Le héros avait ouvert les yeux et tout ce qui avait été sa vie depuis un an avait disparu. Tout. Le mariage et l'épouse... Là, il se retrouvait fiancé... Et puis le chiot qui, pendant l'année, avait eu le temps de se transformer en un berger féroce redevenait un chiot avec qui on pouvait jouer sous le lit... Dans les films, on racontait des histoires comme ça; se pouvait-il que quelque chose de cette sorte nous arrive à nous?

Le bac s'avance... Tout va bien. Mais la glace est épaisse autour des charpentes et les plaques à la dérive que le dégel ramène du large viennent tout compliquer. Il faut recommencer.

Le bac s'avance et on est certains que cette fois-là, ça y est... La vague frappe le ponton de bois et si, dans l'intervalle, la glace n'a pas eu le temps de pénétrer dans le bassin, le bac pourra accoster. Mais le travail peut durer des heures. Avec la nuit qui progresse, les manœuvres deviennent encore plus difficiles. Le bac s'avance; autour des quais, on entend des cris. L'accostage du bac a quelque chose à voir avec l'heure et la marée. Des fois, les membres de la Commission des quais font tout ce travail, même si, sur les quais, il n'y a personne.

Les soirs d'hiver, le bac, et tout ce qui se rattachait aux services gouvernementaux des quais, était d'abord réservé aux camions. Les voitures n'y accédaient qu'au compte-gouttes, et si par mauvais temps une seule traversée par jour était possible, les camions allaient prendre toute la place disponible et les voitures, après plusieurs heures d'attente, allaient regagner le centre de l'île. Pour cette raison, il n'y avait pas de visiteurs l'hiver, et les gens de l'île, en semaine, ne sortaient pas.

On laissait tourner les moteurs. Par les hublots que nous créions sur le givre des vitres en y appliquant la paume de nos mains, nous voyions les quais, faits de blanc et de noir, couverts par des lumières basses... et les approches du bac qui veut accoster et qui, pourtant, n'y arrive pas. L'hiver, le soir surtout, le bureau de la Commission des quais était fermé et pour se garder au chaud, nous restions dans les voitures. Le mercure descendait, le moteur tournait...nous regardions par les vitres, et puis le temps a changé.

Tout d'un coup un air glacial venu d'on ne sait où s'était engouffré dans le bras de mer que formaient l'île et la terre ferme. Presque en même temps les lumières de la ville que nous avions l'habitude de voir scintiller les nuits d'hiver et le faisceau du phare de la Pointe Basse avaient disparu. À cause du temps?... De ce froid humide qui pénètre les lainages et vient piquer la peau?... À cause de ce sifflement peut-être, qui devient plus fort et qui tout à coup s'était levé comme il se lève les jours de tempête? La nuit était venue, le vent virait à l'est, et puis, un peu sournoisement et sans que l'on sache pourquoi, le bel enthousiasme qui avait été le nôtre pendant tout l'après-midi nous avait quittés.

La neige s'était remise à tomber et si, depuis vingt minutes, on allait d'une voiture à l'autre en se frottant dans les mains, c'était pour colporter la rumeur que le bac n'arriverait jamais à être amarré au quai et qu'au mieux, il y aurait une traverse au matin. Nous l'avons déjà dit: en hiver, le bac, le bureau et toutes les installations de la Commission des quais, c'étaient pour les camions; aussi le signal que le bac avait renoncé à s'amarrer nous fut donné quand tous ensemble les moteurs des camions se turent.

Par temps clair, nous aurions pu suivre le bac jusque de l'autre bord, mais le vent et la tempête vinrent empêcher le père de traverser... et puis à cause du nouveau règlement municipal, les réverbères se sont éteints.

Regarder le vide, promettre d'être des enfants sages, délimiter du doigt l'aire de répartition du renard roux, est-ce que c'est comme ça? Ou descendre sur la grève, courir à la chapelle de la côte pour y allumer un cierge... prier, Bon Dieu, est-ce que c'est ça?

Qu'est-ce que nous pouvions faire alors que partout autour c'était encore l'hiver et qu'un enfant s'était perdu? Traverser à la ville, dormir à l'hôtel?... Oui. Mais le lendemain du jour où nous aurions dormi à l'hôtel, était-il sensé de croire que nous aurions pu avancer sur la route et poser des questions?

En voiture, nous étions remontés à la maison sur la falaise, et puis toute la nuit nous étions restés à la fenêtre car si, pour la première fois depuis des mois, le projet de voyage du père nous avait donné le droit d'attendre quelque chose du lendemain, il nous fallut bien admettre, avec le bac reparti se mettre à l'abri de l'autre côté, qu'encore une fois le temps nous avait trompés.

12

Après, c'est un grand trou noir. Et la vie redevint comme elle était avant le premier jour du mois de mars et son accalmie.

Comme quand la porte s'est refermée. Comme quand on a perdu la guerre. Comme, le jour du Jugement dernier, un nuage cachera le soleil.

Un grand trou noir, nous l'avons dit. Comme, les jours de tempête, les camions qui ne suivent pas le *grader* viennent s'enliser sur le bas-côté des chemins. Le bac ne peut plus s'approcher du quai; les nuits du Nord sont longues, le mieux serait de tout le temps rester couché.

Nous marchions dans sa chambre, nous dormions sous son lit; quand la mère nous parlait, parce que nous croyions que c'est ce qu'il aurait fait, nous ne lui répondions pas.

Et puis nous n'avions plus faim. Nous étendre sur le tapis devant la télévision ou regarder des cartes et faire tourner des globes terrestres avec le pouce, ce sont des choses que nous ne faisions plus. Notre vie avait changé. Les courses sur la plage, les tours à vélo, ou même des choses drôles comme mordre dans de la crème glacée dure à crochir les cuillères, c'était pour lui et avec lui que nous les aimions. De là-bas dans la neige, il n'aurait pas su de toute façon.

Il ne venait plus avec nous marcher le long du ruisseau, le samedi était devenu un jour comme les autres et
l'idée d'aller jouer dans le cimetière de voitures de la
falaise ne nous disait plus rien... Avant, le voir se coucher
dans l'herbe était un plaisir... toute la journée garder
dans la poche de notre chemise une lettre qui lui était
adressée... Après, ses lettres se perdaient et les lettres qu'il
nous écrivait du collège avaient cessé de toute façon. Les
camions qui arrivent de la ville viennent et repartent et
les chauffeurs ne disent jamais s'ils vont monter jusque-
là.

J'avais imaginé quelque chose de blanc, mais les teintes, selon qu'il y avait du soleil, que l'on était tôt le jour ou en après-midi, elles pourraient couvrir toute une gamme faite de nuances, faite d'audaces, composée comme en cachette et dissimulée en attente d'être découverte. C'est comme ça au garage Shell. Ce sont les ciels, ce sont les neiges, ce sont les glaces; les sapins sous la neige, ils sont verts; sous le soleil, ils sont d'un vert plus brillant encore et, quand vient la fin de l'après-midi, ils virent au noir pour annoncer la nuit.

Ici, ce qui me déçoit, ce sont les couleurs. J'avais voulu un hiver qui ne serait que blanc et les truckers *qui riaient de mes questions avouent maintenant qu'il existe un hiver encore plus froid, encore plus propre qu'on aurait pu l'imaginer, mais que c'est plus haut, qu'il faut dépasser le lac, qu'il faut continuer sur la route et que, pour aller plus loin sur la route, il faut attendre le printemps.*

Jusqu'au bout? On ne sait pas. Ça fait tellement longtemps qu'on ne s'est pas rendu jusque-là qu'on a oublié. Des hommes s'y sont perdus et des hommes qui ne sont pas revenus, les truckers *ne veulent pas parler. Ils disent: «Au printemps...» Ils disent: «Oui. Là-bas c'est plus grand, c'est plus froid...» Ceux qui sont allés plus loin que les nouvelles coupes osent dire qu'il n'y a que le ciel et la neige et que là-bas, au plus loin que la route peut aller, c'est toujours le jour ou c'est toujours la nuit; le ciel et la terre, c'est pareil.*

Je pose des questions sur le vent. Ils disent: «Au printemps...»
Pourtant ils disent qu'au bout c'est toujours l'hiver de toute
façon. Ils mettent leurs mains sur ma nuque, et puis ils deman-
dent pourquoi j'ai quitté mon île.

Sur la route, les camions montent et descendent et aux
chauffeurs qui s'arrêtent je pose des questions. Ils font semblant
qu'ils ne savent pas. Ils disent: «Au printemps...» Pour éviter
le sujet, ils disent que là, ils descendent vers la ville et qu'ils
n'ont que ça en tête, la ville.

Je leur demande si tout est blanc, je veux savoir jusqu'à
quel point c'est froid. Ils se moquent et pour chaque question
posée j'ai droit aux rires qu'ils m'adressent parce qu'ils croient
que je ne suis qu'un enfant. Ils ne veulent pas parler. Je sais
qu'ils savent, ils savent que je sais. Dans cette lutte trop inégale
ils veulent m'entourer, disent qu'au printemps... Pour éviter de
parler de la route, ils parlent de la ville. Ils disent que les autres
habitent la ville; ils demandent, en feignant de s'y intéresser,
comment était mon école là-bas. Mais je sais que là-bas c'est froid.
Certains disent qu'au bout de la route, le ciel et la terre se con-
fondent. Les couleurs n'existent plus. Le ciel est blanc comme la
neige est blanche. Ou le ciel est bleu comme la neige est bleue.

Même s'il fait très froid, qu'il y a eu du gel et du dégel, les
camions continuent sur la route et, de la station-service, on les
entend monter.

Ils vrombissent. Ils font entendre qu'ils sont pressés. Pour
qui écoute, ils parlent des jours et de l'asphalte, ils parlent de
leur moteur et, si on est attentif dans le froid sec, quand il n'y
a pas de vent, on pourra savoir si c'est un camion qui monte
tout seul, vide, ou deux ou trois camions, vides aussi; à l'inverse,
allant ensemble, des camions chargés, deux ou trois comme ils
vont le plus souvent, pressés, contents d'arriver en bas et décidés
à tout de suite remonter.

Les camions sur la route montent et descendent, pressés
d'arriver en haut et pressés d'arriver en bas, allant vite comme

ils vont tous les jours, mais ce n'est pas comme ça quand la nuit s'en vient, qu'il neige depuis douze heures et que de tout l'après-midi, personne n'est passé. Quand la bourrasque se lève, les camions s'alignent derrière le grader.

Et les camions de la route s'arrêtent à la station-service, pressés si on annonce du mauvais temps, allant l'un à la suite de l'autre et suivant le grader *quand la tempête est commencée.*

C'est l'hiver. Il y a la route qui est longue et lente, les camions vont vite... mais la route est tellement longue que parfois on pourrait croire que les camions vont lentement. Du tournant, les phares se raccrochent les uns aux autres et dans la tempête, la lumière qui s'avance précède le bruit des moteurs.

Le grader *tourne. Les phares des camions tournent avec lui.*

Et parce que je me suis endormi, je suis surpris par cette caravane qui m'encercle pour venir s'arrêter devant les pompes à essence. Il est six heures. Le soir, quand les camions arrivent, on peut deviner que la nuit sera longue. On peut aussi dire sans se tromper que la prochaine balise sera le matin. Sous les banquettes, les hommes ont caché des bouteilles; les nuits les plus froides, on laisse tourner les moteurs.

On fume, on enlève sa chemise, on tousse.

Sous le faisceau lumineux que crée la lampe sur le comptoir, on verse de l'huile pour que les coudes dérapent et que les os se brisent en s'écrasant. Quand la joute commence, on ne s'occupe plus de rien. Je pose des questions, et même si toute l'attention est tournée vers ceux qui tirent au poignet, parfois, il y aura quelqu'un pour dire quelque chose ou faire une farce.

Sous le faisceau de la lampe les mains s'accrochent les unes aux autres, et je demande jusqu'où elle peut aller. Les muscles brillent. On rit. La sueur coule sur le bras de celui qui va perdre. On rit encore.

Quelqu'un vient de dire que la route allait jusque de l'autre côté de la terre.

14

La nuit, pas tout de suite lorsqu'on a éteint les fluorescents de la salle, mais un peu plus tard, je dirais après que les premiers ronflements aient commencé, s'installe dans le garage une rumeur qui va croissante et qui, j'en suis sûr, se colle au rythme du vent qui vient claquer sur les vitres.

La nuit, et ce peut être tôt, quelque temps après qu'on ait éteint ou bien juste à ce point où la noirceur devra céder sa place au jour, commence ici une plainte qui grandit, reste sourde et ne disparaîtra qu'avec le matin.

Nous sommes entassés les uns sur les autres. Les truckers ont bu et la neige qui monte jusqu'à la moitié de la porte vient nous rappeler que nous souffrons.

C'est l'horloge, c'est la petite flamme qui brille au milieu de la fournaise, ce sont les paires de bottes près des caisses d'huile, c'est le mal de cœur. Si on a besoin d'aller pisser, il faut enjamber les corps; pour sortir, on ouvre la porte, de la neige s'engouffre jusqu'à sur la bouche des hommes.

Comme dans les pires moments d'un cauchemar, à l'instant où tout devient si terrible qu'on se réveille, la vie ici se dérobe en rots et en gaz qu'on laisse échapper, et si on n'arrive pas à s'endormir, on ne sera pas long à s'apercevoir que la vie est partout la même et que le garage et le collège, c'est pareil.

Près de chaque lit, il y avait une commode et sur chaque commode se trouvaient une serviette, un savon et une brosse à dents. Il y avait une salle de jeu pour chaque niveau d'études. Au réfectoire, c'étaient des aires; on disait l'aire de première, l'aire de deuxième; au garage Shell, les camions sous la neige sont bien alignés et, pendant le sommeil, on entend les mêmes râles et les mêmes gémissements qu'en bas.

Je sors dans la nuit.

15

À cette hauteur, la route où vont les camions est souvent mouillée et brillante comme peut l'être l'asphalte des rues après la pluie, mais là-bas, du côté opposé à celui que l'on prend pour descendre à la ville, on dit que la route est blanche tout le temps; quand on marche encore plus loin que le tournant de par en haut, on entend son bruit de pas et, si on s'enfonce, c'est un indice pour dire que l'on s'est perdu.

Une chose que j'aime, c'est une route qui serpente ou qui va en ligne droite dans le bois, là où on n'a pas gratté de chemin.

À la hauteur du garage Shell, à cause de tous ces camions qui montent et qui descendent, après une chute de neige on étend du sel sur l'asphalte. Pour que ceux qui passent ne versent pas dans les courbes, on jette encore du sel; avant, avec un camion et des hommes et des pelles piquées dessus; maintenant, avec une machine faite exprès: ici, on dit la salière.

Mais ça ne sera pas comme ça là-bas.

On dit que plus loin, quand on a dépassé le tournant, là où l'on perd la route de vue et plus loin encore que ça, après le lac et plus haut que les nouvelles coupes, la neige recouvre l'asphalte. À cause de la rareté des camions, le travail d'une salière serait bien inutile et, de toute façon, si on cherche à faire fondre, l'eau gèle et c'est pire. On raconte aussi que là-bas, quand on fait une tache sur la neige, le vent se lève et vient l'effacer.

La nuit, je me promène en skis et j'invente dans ma tête une route blanche. Quand les camions s'arrêtent, c'est pour de l'essence, mais les soirs de tempête ils attendent avec le grader *jusqu'au matin. On fume, on rit et on parle du temps... On dit qu'à un moment donné, il faut choisir; que passé le tournant de par en haut, la route devient belle... On boit. Et quand il ne reste plus rien dans les bouteilles, on va vomir. En dormant, on répète que pour ce qu'il y a plus loin, on ne sait pas.*

«*C'est difficile d'évaluer quelque chose comme ça. Ça va tellement haut.*»

«*Oui, haut... mais combien loin? Sur le globe, quand on touche avec la paume, il arrive un point où, rendue sur le dessus, la main se retourne sur elle-même puis bascule de l'autre côté...*»

Les hommes disent: «*Ceux qui sont montés jusque-là ne sont jamais revenus. On ne sait pas combien de temps. Des mois... des années peut-être... La route monte tout droit vers le nord et pour la faire toute, ça peut durer longtemps. Au début, c'est un peu comme ici, il y a des arbres... de temps en temps on peut voir des caribous ou un lièvre qui traversent en courant. Après, quand la route devient droite, on est devant l'hiver. Il y a les territoires des Micmacs, des Montagnais et des Attikameks... C'est difficile de compter.*»

Je demande: «*Quand on est rendu très haut, est-ce qu'on peut sentir que le vent va tiédir?...*» *mais les hommes tout absorbés à faire des calculs ne savent pas. Les plus hardis pensent que oui. Les plus vieux, ceux qui avouent pourtant n'y être jamais allés, supposent que le vent chaud reste toujours plus loin que ce que l'on peut atteindre. Ils ajoutaient ensuite que ceux qui croient savoir confondent avec la chaleur des moteurs.*

Dans le bout du garage enfoui sous les sapins, les soirs de tempête, les camions suivent le grader. *Et si les jours de beau temps les camions montent et descendent à toute vitesse, les nuits de neige, la caravane va lentement: le* grader *tourne, les camions tournent avec le* grader.

Les hommes ont des bouteilles. La nuit est froide, je pose des questions et si, au début, les hommes répondaient volontiers, avec l'approche du printemps, on dirait qu'ils pensent être allés trop loin. C'est toujours comme ça lorsqu'on veut savoir.

Les chauffeurs disent: «Elle est longue…»

Longue?…

Les chauffeurs disent: «La route du Nord va par en haut.» Ils disent: «Loin…», et puis ajoutent, comme pour effacer ce qu'ils viennent de dire: «La route du Nord va tellement loin qu'on ne sait plus où elle va.»

«Pendant des jours et des jours on reste sans rien voir. C'est bleu…»

Ils disent aussi: «C'est froid», et puis ils arrêtent de parler jusqu'à ce que je reprenne.

«Est-ce que quelqu'un peut jurer être allé jusqu'au bout?»

17

Je ne retrouve plus mes mitaines. J'ai regardé partout: sur les caisses d'huile, sur la machine à liqueur, sous le comptoir... elles n'y étaient pas. Il fait froid et toute la neige tombée depuis une semaine s'est durcie jusqu'à devenir croûtée comme de la glace. Parfois, à cause du vent qui souffle, on voit des branches d'arbres, comme des branches de sapins, glisser dessus. Les truckers *parlent d'un refroidissement qui va durer jusqu'à la fin du mois. J'ai dû laisser mes mitaines sur le capot d'un camion qui passait. Peut-être seront-elles tombées quelques kilomètres plus loin? Il me faudra dire à maman que j'ai perdu mes mitaines. J'aimerais en avoir des rouges, mais elle n'est pas obligée de mettre des décorations cette fois-là. Parce que c'est pressé.*

Sur la neige, les camions laissent des traces, et l'enseigne qui s'allume crée des ombres et des lumières qui sont des bivouacs dans la nuit.

Je pose des questions et si d'emblée on avance que la route existe, tout de suite après on va dire qu'on a trop bu.

Le matin, je dors. Quand il m'arrive d'être encore debout à l'heure de la clarté, je me retrouve pris de vertiges comme dans une chute, ou attaché à ma chaise comme il me semblait l'être lorsque j'étais là-bas dans le Sud. Évidemment, ce n'est qu'un mot. Quand on vit le long d'une route, on en vient à croire que le monde se résume à deux directions.

18

Nous comptions les jours, les semaines, et puis les mois et à partir de ses frasques de l'été, nous imaginions son retour, avions peur qu'il n'ait grandi et craignions parfois d'une façon très intense et presque irraisonnée qu'il ne nous ait oubliés. Ça peut jouer tellement de tours, l'absence. Déjà, dans l'île, quelques jours transformaient le monde. Aussi, il abandonnait tout si facilement; entre ce qui avait été le solstice d'hiver et l'équinoxe du printemps, peut-être les choses auraient-elles encore eu le temps de changer?

Jusqu'où était-il allé? Avait-il reçu nos mitaines? Pourquoi ne nous envoyait-il pas de lettres?

Avec ce que nous connaissions déjà, nous composions cette séquence que serait son arrivée; nous pensions à nos prières, nous préparions des questions.

D'abord, il était toujours le même. Ses mains, pourtant lavées, restaient tachées d'huile; sa peau était douce... et dans nos scénarios imaginaires, nous l'aimions encore plus que nous ne l'avions aimé avant. Nous avions prié pour lui, peut-être nous faudrait-il l'avouer alors? Jusque-là, nous ne l'avions pas fait.

D'autres fois, à l'inverse, et peut-être parce que ça durait depuis tellement longtemps tout ça, il pouvait nous venir à l'idée qu'il s'était transformé. Il avait traversé les territoires des Indiens et peut-être lui avait-on fait des marques sur les joues? Il avait marché dans la neige et le soleil plus de cent jours... Nous ne savions pas s'il se rappellerait.

Tous les soirs avant de nous endormir, et c'était bien avant que nous ayons eu la permission de rester dans son lit, nous récitions des prières, celles que nous avions apprises à l'école, pour qu'il n'ait pas froid, pour qu'il sache que nous l'aimions et pour qu'il revienne vivre chez nous comme il le faisait avant.

Les mots, les noms et les faveurs, il fallait les changer, comme nous avions appris à le faire à l'école. Pour les noms, nous disions son nom à lui, pour les demandes, c'étaient ses mitaines et la faim; puis nous rajoutions pour terminer: qu'il revienne. C'était le soir avant de nous coucher, au pied de notre lit, à l'époque où nous portions encore des pyjamas. Et c'était comme ça tous les soirs. Nous étions si petits dans ce temps-là que nous passions toute la soirée en pyjama. Et nous étions si jeunes encore que nos demandes nous les faisions à genoux devant notre lit.

Sa main, nos mains, sa main sur la table, nos mains entre les siennes pour les réchauffer ou pour applaudir... et puis sa tête qu'il tourne à droite et à gauche, qu'il renverse en arrière ou son cou qu'il étire par en avant comme on fait lorsqu'on souffle sur des bougies; prier, est-ce que c'est comme ça?

Sa bouche, ses lèvres, sa bouche que nous redessinons du bout de nos doigts et qu'il nous abandonne, tout occupé à autre chose, à regarder la télé par exemple ou à nettoyer un moteur, à rire et rapidement nous mordre. Ses phrases que nous allions reprendre. Sa main... Du bout des lèvres lui dire qu'il est un héros.

Répéter ce qu'il dit. Mettre notre bouche sur sa bouche, toucher son visage et rester des heures entières à guetter ses mains... Lui dire que nous voulons être comme lui, prier, Bon Dieu, est-ce que c'est comme ça?

19

Nous pensions qu'à force de répétitions, qu'à force d'aligner les mots, les prières et les photos...

Ici, sur nos tricycles. Lui, il est sur son vélo.

Nous, avec lui, au creux des dunes. Là, sur les rochers, guetter des détails, inventer des blessures, des coups de soleil ou des égratignures qui viendraient briser juste un peu la peau. Sur ses jambes, les herbes ont laissé des traces. Sur ses genoux, du sang a séché. De l'or... de l'or... Les photos des albums marquaient les jours et nous cheminions au fil des pages en nous attardant sur celle prise à la plage, avec cet autobus tombé de la falaise et qui était notre palais d'été.

Passer les après-midi sur le toit de tôle. Laisser le soleil tourner autour de nos têtes. Quand la marée monte, du toit de l'autobus, plonger dans l'eau.

Et puis avoir les pieds brun-rouge comme sont brun-rouge le sable et la terre de l'île, vers le soir, dormir sur une banquette de voiture, allumer un feu de camp; te souviens-tu de ça pour vrai Ti-Lou?

Notre grande peur, c'était d'avancer tellement loin dans le temps que nous ne retrouverions plus quelque chose à quoi nous raccrocher.

Les images de l'été, c'étaient parfois des champs d'herbes, parfois c'étaient des petits monticules recouverts de foin de mer: les butteraux. Et parce qu'il aimait l'été, on le retrouvait partout et dans toutes les postures, dans le sable et dans les foins, debout ou couché dans l'eau et comme se laissant porter par le roulis des vagues.

L'île, verte ou dorée, selon l'endroit où l'on se trouve, selon la saison aussi sans doute, partout présents la mer et le ciel... la mer et le ciel prenant toujours la plus grande place et ne laissant aux humains que de tout petits espaces sur les côtés. C'est le cas pour ses pieds essayant de suivre des traces dans le sable.

À la mer, il sera toujours comme ça. Lorsqu'il voyait des traces, il glissait ses pieds dedans et, sans s'en rendre compte, il pouvait marcher longtemps; le plus souvent le long de la côte, parce que c'est la plage, et le plus souvent tout seul, parce que lorsqu'on suit des traces on marche sans parler.

Certaines photos des albums montraient des falaises, des caps, et puis de petites grottes creusées à même la paroi de grès.

Il y avait aussi des oiseaux pris en vol ou regroupés sur des rochers; des nids surplombant des précipices et même des nids où l'on voyait des œufs. Pour certains, les oiseaux font partie du décor. Nous regardions combien son corps à lui c'était aussi l'ossature d'un oiseau. En juillet, juché sur le toit de l'autobus tombé de la falaise... et ses mains sur les genoux qui s'ouvrent comme des ailes, n'était-ce pas là la posture de l'envol? À cause de ses gestes, on peut deviner que son corps, c'est aussi le corps d'un oiseau. À cause des mains qui s'appuient sur les genoux, à cause de son sourire qui n'en est pas tout à fait un comme le sont les sourires des départs, on peut voir que ce cadre où le confine le photographe, il voudra le briser.

Pourtant, l'île compte des bateaux où on le voit s'appuyant au gouvernail. Dans la cabine d'un chalutier, une casquette à visière sur la tête, il joue au marin. Ses pieds sur le pont de bois...

Encore des photos de phoques, de baleines et de cormorans. Autour, il y a l'été, dans cette île dont nous étions amoureux, parce qu'il nous avait fait découvrir cette bande de terre, de collines et d'herbes, tout entourée de sable... où l'on mange des poissons que l'on achète sur les quais, où l'on s'invente des jeux parce que l'on n'a rien à faire l'après-midi, et où l'on aime se dire des choses aussi belles que le temps que l'on est restés – dans l'eau.

Il y eut encore des jours d'hiver venteux et secs. Tout le monde parlait du temps. Dans les magasins, le samedi, on voyait les gens dire ceci, cela, dire ça va durer, ça ne s'arrêtera pas... on voyait des gens dans des autos et des salières passer sur les chemins.

Parfois, devant ceux qui se plaignaient du temps, des drôles affirmaient que l'hiver ne faisait que commencer. La vie restait lente et secrète et il y avait encore des jours où le bac ne pouvait pas traverser.

En mars, le soleil était plus fort, mais n'eût été le calendrier sur le mur, on aurait dit que l'hiver avançait encore, qu'il était plus grand et plus froid; on parlait de cette possibilité que les jours rallongent, mais nous ne l'apercevions pas. Quand il faisait très froid, les ciels étaient bleus et limpides comme on imagine le ciel au-dessus des mers du Sud. Parfois, les ciels étaient blancs. Et nous nous demandions s'il fallait vraiment se rendre aussi loin pour voir là où le ciel et la terre sont pareils.

Ensuite, après toutes sortes de choses dites, pesées et soupesées autour de ce qui était devenu notre affaire, après des tempêtes et de la poudrerie, un matin, surprise, il y eut quelqu'un dans notre cuisine pour donner des nouvelles. Un camion était monté sur le bac à l'aube;

sans prévenir, le chauffeur avait frappé à la porte de la cuisine et était entré. Et nous ne pouvions pas y croire.

C'était l'équinoxe, juste après cet hiver de questions où nous avions appris à dire que nous n'en pouvions plus et que nous n'y croyions plus à ça, à un printemps où on nous aurait annoncé son retour. Nous avions attendu trop longtemps et tout ce qu'on appelait «nouvelles», nous savions que c'étaient des ragots. Si nous avions osé, nous aurions corrigé les grandes personnes. Nous aurions dit: «Voilà du réchauffé»..., parce que nous sommes sûrs d'une chose maintenant: il est parti sur la route et personne ne sait pourquoi.

21

Reconnaître qu'un camion, qu'un beau camion avec un beau roulement de pneus et qui sent bon le copeau de bois, ça fait frissonner quand ça passe à toute vitesse et qu'on est debout au bord de la route... Personne n'est là pour l'entendre. La beauté du monde est une chose difficile à nommer.

Et, du même souffle, constater qu'on construit des villes, qu'on bâtit des écoles; faire comme si toutes les règles et toutes les lois établies étaient là pour nous rendre meilleurs. Le pire, ce ne sont pas les barbelés qu'on nous montre dans les salle des musées, sur les couvertures des magazines ou à la télévision. Le pire est lorsqu'on dit une chose comme celle-là: c'est pour ton bien.

Pour déjouer ma peine, je dormais sous mon lit.

Et pour oublier les mots qui sont dans leur bouche, je faisais semblant de parler d'autres langues.

Je ne veux plus écouter les gens qui commencent à parler en disant: je ne peux pas me permettre.

Sur la route du Nord les camions montent et descendent. Je dis: «Le plein?»

On répond: «Full.»

Pour l'essence et le pare-brise, c'est automatique. Pour l'huile, il faut demander.

Savoir que l'automne est là parce que les citrouilles font des taches citrouille dans les potagers, vider un Pepsi d'une traite ou deviner son cadeau de Noël parce que son cadeau de Noël ne pouvait être que celui-là.

On dit que je suis trop jeune pour aller là-bas.

Ou croquer des raisins et cracher les noyaux, tatouer un dessin sur son bras, faire du patin sur la glace d'une rivière quand la rivière est gelée.

On dit aussi que, parce que la route est longue et parce que l'hiver est froid, là-bas, il y a des dangers.

Les camions montent et descendent.

Le vent glisse au ras du sol.

On dit que si on crie, personne n'aura été appelé.

22

Nous avions lu dans un livre cette phrase: «Lorsqu'une affaire est délicate et qu'elle présente quelque danger, il arrive qu'elle soit gâchée par la hâte».

Aussi cette autre phrase: «La vie reste une chose étonnante; le plus souvent elle cahote, elle saute et elle virevolte, pourtant des fois on dirait que lorsque le malheur s'installe en son centre, elle avance en ligne droite et elle va son chemin sans compter. Comme si elle avait trouvé son équilibre en quelque sorte.»

Une «ligne droite», nous l'avions lu. Qui va devant elle et qui, comme si la vie était un film, n'aura de cesse que lorsqu'elle aura trouvé les lettres pour écrire le mot *fin.*

L'hiver durait. Et parce que les jours, l'école et la vie de l'île avaient repris le dessus, nous en étions venus à croire que le garage Shell, c'était quelque chose qu'on avait bâti trop loin et que, prendre le bac pour monter sur la route, il valait mieux ne plus y penser. Il y avait eu du vent et de la neige; on parlait bien de l'eau qui coule, mais l'eau qui coule nous ne la retrouvions que sur le calendrier. Et si, après les vacances de Noël et le retour en classe, nous nous étions relayés pour guetter le facteur au bord du chemin, après l'échec du père, imperceptiblement, les choses avaient changé. La neige et le gel faisaient que nous étions devenus timides; nous l'avons dit: c'était le mois de mars et l'hiver persistait. Et puis voilà que tout d'un coup avec le 21, après tout ce temps que nous avions patienté, que nous avions attendu des lettres, toute cette saison interminable où nous allions en classe, où nous marchions jusqu'à l'école pour des journées vides comme étaient devenus nos jours de congés, il y avait eu un camion dans notre cour, arrivé avant l'aube alors que nous étions encore au lit.

Déjà, en descendant l'escalier, nous savions qu'il était arrivé quelque chose. Depuis le début de l'hiver, chaque fois que nous avions vu passer un camion, notre cœur s'était serré en pensant à lui.

Et déjà, avant que nous nous soyons levés, le reflet des phares sur le mur de notre chambre était venu nous inquiéter. Ça fait drôle de voir glisser de la lumière sur un mur. Rendu à l'encoignure, il y a toujours un soubresaut. Un homme l'avait vu sur la route – le chauffeur disait: en descendant – et il restait debout sur le carrelage de la cuisine, laissant couler l'eau de ses bottes sur le plancher.

C'était le matin, nous l'avons dit. Le matin, l'hiver, s'il est cinq ou six heures, ça ressemble à la nuit.

D'abord, nous avions vu de la lumière dans les carreaux, puis sur le mur... Après nous avions entendu le bruit du moteur.

C'était le 21 mars et de ça nous nous souvenons car, avec l'arrivée du printemps, nous aurions dû être enthousiastes alors qu'à l'inverse de tout ce à quoi on aurait pu s'attendre, la froidure nous avait rendus peureux.

De plus, il disait vrai lorsqu'il racontait que les enfants sont paresseux. Nous ne voulions pas nous lever. Nous entendions le bruit sec que font les portes lorsqu'on les déglace après la nuit et nous frémissions au bruit d'une énorme machine qui se répercutait sur la neige et contre la maison. L'hiver, à cinq ou six heures, il fait encore noir. À l'étage, l'air est glacial. L'horloge sonne, mais nous faisons comme si nous n'entendions pas.

Peut-être aurions-nous dû courir au-devant des nouvelles pour savoir? Peut-être le fait de rester derrière est-il le signe de la peur et que la peur, comme nous l'avions lu, lorsqu'elle se manifeste, elle est l'antichambre du malheur?

Tout de suite la mère avait parlé d'un accident, alors que l'homme n'avait encore rien dit mais la mère, on aurait cru qu'elle pensait que si elle courait au-devant des catastrophes, les choses seraient moins terribles lorsqu'elle saurait. On aurait dit, et le père il était comme ça lui aussi, on aurait dit que, en amplifiant les drames, ou en les inventant de toutes pièces, on se sentirait mieux après, le coup serait moins dur... Faire tout de suite comme si c'était la fin du monde pour se calmer une fois l'orage passé. Ou crier, pleurer et faire sonner l'alarme... et tout ça avant même de savoir?

Il y eut un temps qu'il serait difficile à mesurer, assez long ce temps pour, de ce qui avait été le petit matin, on passe au jour. Les flaques d'eau sale devenaient plus grandes sur le plancher et si l'homme avait parlé pour dire qu'il n'avait rien vu et que lui, il n'était pas là, ce que nous retenions c'est qu'on n'avait rien fait pour le sauver.

Il y eut un temps, long? court?... on ne sait jamais vraiment. Comment comparer un matin d'hiver avec un matin d'été? Toute une attente où pendant que dehors, petit à petit, le jour avançait, on apprit que c'était la fin. Le vent s'était levé. À cause du froid, le gaz exhalé par le moteur du camion faisait une brume dense qui venait coller aux fenêtres de la maison et tout ça, le froid, le gaz

et la neige, annonçait le cauchemar. Là-bas, sur ce qui
était le commencement de la route, il était parti sans que
nous ayons eu le temps de lui faire un bye-bye? Nous
avions déjà projeté de prendre le bac, d'arrêter un camion et de grimper jusqu'à la station-service. Nous avions
aussi bien des fois supplié le Bon Dieu pour que tout redevienne comme avant. Cependant, la mère avait vu juste et le malheur qu'elle appréhendait était arrivé. Peut-être
maintenant, à cause de cela, avions-nous moins peur?
Peut-être qu'à cause de cela – nous avions prié, nous
avions pleuré; tous les jours le long du chemin nous avions
attendu le facteur – alors peut-être, à cause de cela,
aurions-nous dû avoir moins mal? Il y avait un camion
dans la cour et nous ne savions pas.

23

L'homme disait qu'il était reparti plus loin et qu'on n'avait rien pu faire pour le retenir. L'homme racontait qu'on lui avait donné des mitaines et il disait cela en baissant la voix, en souriant un peu aussi, et c'était dans ce matin glacial une idée absurde: c'était comme si l'homme était venu pour nous rassurer.

À des milliers de kilomètres, il avait foncé dans l'hiver et on voulait nous empêcher d'être ce jour-là les gens les plus malheureux de la terre? Nous ne voulions pas le croire. Il avait dit qu'avec le printemps il reprendrait la route, mais nous avions espéré qu'il revienne vers notre île. N'avait-il pas dit aussi qu'à la station-service la route faisait un bout droit entre deux tournants?

L'homme était resté à patauger dans son eau, après, il s'était assis sans qu'on l'y invite. Nous avions froid de le savoir là-bas dans la neige et, parce que l'homme ne disait rien, nous supposions le pire et le pire parfois, c'est ce qui vient d'arriver.

«Tout le monde l'aimait. Tout le monde disait qu'il avait de drôles d'idées. Il n'arrêtait pas de poser des questions.»

L'homme regardait le plancher, ses bottes d'hiver, les flaques d'eau... et, de sa voix gênée, étouffait ce qu'il était venu raconter.

«Ils étaient plusieurs à s'arrêter à la station et le plus souvent, ils avaient de l'alcool. Le garçon était trop jeune. Il était normal que les autres ne prennent pas ça trop au sérieux.»

Au début, parce qu'il ne nous avait pas prévenus, nous ne comprenions pas que l'homme qui était assis là, dans la cuisine, était en train de nous raconter le drame. Il parlait des camions et de l'alcool. Il parlait de la route oubliée, et nous retrouvions là les histoires de la vie ordinaire telles que nous les imaginions sur le continent. L'homme semblait gêné par ce qu'il avait à nous dire et, à tout moment, il répétait qu'il n'y était pas.

«C'est rien qu'en descendant sur la route» qu'il avait été mis au courant. Il était venu nous prévenir parce que lui aussi, il avait déjà habité l'île et, il y avait quelque temps, il avait entendu parler de cet enfant qu'on avait perdu.

«Tout le monde y est allé de ses conseils, mais on se disait que ce n'était pas notre affaire, et puis comment lutter contre ce qui est plus fort que soi?»

L'homme dans la cuisine au petit matin, il était arrivé en mars, dans ses derniers jours et mars c'est le mois le plus imprévisible de l'hiver. Le père et la mère ne parlaient pas. Dans le décor d'une île gelée, un camion dans la cour. Et dans cette cuisine en plein milieu de l'avant-midi, des enfants apeurés à peine conscients du drame qui se déroule devant leurs yeux alourdis de sommeil.

«Au début, la route, ce n'était qu'une histoire. C'était pour jouer. Tout le monde aimait le garçon...», et le camionneur insistait comme pour dire à ceux qui étaient là qu'on avait voulu le protéger comme on cherchait à le faire lorsqu'il était ici. Nous nous ennuyions de lui. Notre héros, nous continuerions à le penser, c'était lui. Le plus grand, le plus drôle, le plus fou... parce que, jusque-là, c'était lui, lui que nous avions aimé.

Lui, le plus beau, parce le printemps était arrivé, il n'y avait plus de chance de le voir revenir?

Lui, le plus drôle, parce qu'il aimait courir le long du ruisseau, parce qu'il aimait entendre les moteurs et parce qu'il faisait glisser sa main sur le globe terrestre de sa chambre, on l'accusait de tout et on nous reprochait de trop l'aimer?

L'homme continuait à chercher ses mots. On ne lui avait pas offert de café et nous pensions qu'il était rare que l'on fasse asseoir quelqu'un dans la cuisine sans lui offrir du café.

Nous pensions aussi que nous n'avions pas l'habitude de nous retrouver autour d'un étranger en plein jour, comme on le fait le soir lorsqu'on se rapproche de la télévision. L'homme était arrivé tôt le matin et, sans même demander la permission il s'était assis, laissant couler sur le parquet la neige collée sur ses bottes.

«Il y a eu des maladresses, ça c'est sûr... mais on ne peut pas dire qu'on n'a pas tout fait ce qu'on a pu.»

«Au début, ce sont les camionneurs qui ont encouragé les jeux. Mais par après, le garçon continuait les questions. Au début, les hommes riaient à cause du dessin qui était sur son bras. On disait: Le petit orignal. Après... Après, on disait que le garçon était fou.»

Lui, notre amour, le plus grand amour de toute notre vie, magnifique avec son nez, sa bouche, ses dents – toutes ses dents que nous aimions toucher une à une avec nos doigts, sans gêne, nos doigts qui vont sur ses dents comme les doigts vont sur les notes d'un piano –, lui, le plus beau, roulant son corps dans l'eau de la baignoire et faisant chatoyer les couleurs sur sa peau, on voulait nous l'enlever? Sa main, son bras, sa main... Qu'est-ce qui était arrivé là-bas pour qu'un camion s'aventure sur le bac du matin et passe tout un avant-midi dans notre cour?

Nous voulions poser des questions sur ses mitaines, sur la faim... Avait-il appris à pêcher sous la glace comme il le souhaitait? *The Moose.* Nous voulions savoir s'il avait gardé son dessin avec des roues et des ailes; nous voulions savoir aussi s'il y était allé au bout de la route. Est-ce qu'il avait froid à tituber, comme ça, dans la neige, en tenant son visage dans ses mains? Et puis ses livres, son sac... Avait-il eu le temps de rouler son *sleeping*, d'accrocher ses bottes, avait-il eu le temps de regarder le ciel?

S'il avait de la peine, nous nous mettions à pleurer. Nous aurions aimé savoir s'il se rappelait nos jeux. Le sourd-muet qui est aveugle par exemple, des choses comme ça... et puis nous avions des bandes dessinées pour lui. Nous aurions voulu savoir aussi s'il avait pensé à nous; car notre grande peur, elle se résumait à peu de choses: croire qu'il nous avait oubliés. Il délaissait tout si facilement. Parce qu'il ne savait pas se protéger.

24

Éclater de rire en levant les bras au ciel et ainsi faire voler des aigles, défier les dieux; prendre un nuage dans ses mains et l'entourer de son corps.

Mon propos et mes gestes se mesuraient à des choses comme ça.

Ou se tenir debout sur le capot d'une voiture, vivre vite ou dire des mots que je n'avais jamais entendus.

Et mes projets de voyages étaient nés à ces heures-là.

J'avais voulu connaître la route du Nord qui, d'abord, serpente entre les arbres comme vont les routes dans les forêts, et puis qui file en ligne droite rendue plus haut, là où l'on ne retrouve plus que des marécages et des rochers. Le vent prend toute la place. La terre et le ciel se ressemblent. À la recherche d'un commencement, je roule dans la nuit ou dans le jour sans plus savoir.

Au départ, il y a les pancartes et les écriteaux, de l'asphalte, car la route est pavée; au départ, il y a des désirs qu'on ne peut pas oublier et si ce que l'on a entendu à propos de la route ne nous a pas fait peur, on se doit de fouiller les cartes et de préparer son havresac.

L'espace, le froid et le vide aussi... En somme, les écriteaux qu'on a placés à la sortie de la ville disent vrai. Le premier donne la distance entre les villages, le second parle des postes et des

*relais, des abris où sont cantonnés les préposés à l'entretien...
Après viennent les avertissements.*

HUIT CENTS KILOMÈTRES AVANT WASKAGANISH.

*STATION 5, ENCORE TROIS MILLE KILOMÈTRES.
ESSENCE, POSTE ET RESTAURANT.*

*À PARTIR DE WEMINDJI, LA ROUTE N'EST QUE
PARTIELLEMENT ENTRETENUE.
RISQUES D'ISOLEMENT.*

*Et si les écriteaux qu'on a placés en bordure de la route
n'en disent pas assez, il faudra demander aux chauffeurs des
camions qui la sillonnent, allant plus ou moins haut, faisant
le chemin plus ou moins fréquemment, chaque semaine, une fois
par mois; c'est selon.*

*Là, à la fin de la ville, les hommes d'autrefois ont posé des
avertissements que franchissent d'autres hommes qui vont parfois si loin que certains ne sont pas revenus. Si, par chance, un
des truckers veut bien parler, il faudra lui demander les distances, les couleurs; essayer de comprendre pour la douceur du vent;
car on ne sait jamais vraiment.*

*Au départ, il y a des pancartes et des écriteaux, de l'asphal-
te parce que la route est pavée, mais ce qui importe et ce qui fait
les véritables commencements, ce sont les rêves qui ont été déçus
et les désirs qui restent insatisfaits.*

*C'est l'enfance et tout tourne autour de l'enfance bien sûr,
mais c'est d'abord la vie de tous les jours et la façon dont on l'a
organisée. À l'école, on place des pupitres et une des premières
règles que l'on vous impose est de tenir le rang. Les élèves vont
dans les couloirs en rangées et deux par deux. Certains jours,
on pourrait croire qu'il n'y a que ça qui soit important.*

*Là où la route commence, on a monté trois panneaux de
signalisation qui se dressent à cinq cents mètres l'un de l'autre.
Le premier, c'est pour les villages, le second dit où l'on peut s'ap-
provisionner. La troisième pancarte parle des dangers.*

Avec de la chance, les hommes qui conduisent les camions répondent aux questions: «Combien loin? Jusqu'où la route?» Mais les truckers *ne veulent pas parler. Certains vont dire que la route est longue. D'autres ne savent pas.*

«Elle va en ligne droite, comme ça, et c'est le plat tout le temps.»

«Ne pourrait-on pas espérer qu'elle trace un cercle et qu'en un endroit précis elle se recoupe?»... mais les hommes qui conduisent les camions disent que ceux qui sont montés là-haut ne sont jamais revenus. Ils disent aussi que je suis trop jeune pour comprendre, parlent de mon école; s'ils vont plus loin, ils diront qu'ils ont trop bu.

Au départ, au commencement de tout, de tout, de tout, il y a encore l'enfance, celle des matins d'été, quand on se lève et que tout est bleu, quand on sort du lit plus tôt que le reste de la maisonnée et qu'on a l'impression en regardant par la fenêtre que le monde vient d'être lavé.

Ça peut être une ville. On se retrouve à la campagne.

On passe aussi au bleu les forêts.

Et si tous les commencements se déroulent comme ça, c'est que, contrairement aux matins d'hiver, les matins d'été défilent comme des fanfares. Le soleil monte vite. Chaque minute, la lumière change. On ne s'est pas étiré les bras qu'on se retrouve en plein midi.

Quelqu'un parle de la route. Les camions montent et descendent, et le vent vient sécher de l'eau qui coule sur la joue. Au début, au tout début, et puis bien après, des autobus, des écoles et des enfants qui crient.

Aussi des trêves, comme sont des trêves les après-midi d'automne, les vasques dans les jardins.

Voir vivre les autres; les vacances et les semaines de travail.

Encore de grandes joies comme le sont les lilas, les gâteaux et des mains sur le clavier d'un piano. Nos accalmies et nos bonheurs.

Entre deux océans et un Sud qu'on a du mal à s'imaginer, une route qui commence aux confins de la ville et qui va telle-ment loin, et ce depuis tellement d'années, qu'on a oublié. Les hommes en parlent. Certains s'y sont risqués. Et si le plus sou-vent on se tait, et si le plus souvent on a du mal à mettre des mots sur le malaise qu'elle nous fait ressentir, c'est que, de tou-tes les époques, des hommes s'y sont aventurés, et que, de toutes les époques, les hommes ne sont jamais revenus.

J'imagine un chemin comme une ligne droite dont on ne verrait pas la fin et qui aurait comme particularité de disparaî-tre derrière nos pas.

Les jours d'enfance se composent de matins d'été qui sont des trêves et des accalmies.

J'imagine de grandes boîtes carrées montées sur des roues, qui vont dans les deux sens et qui se font plus rares si on mon-te plus haut. Dépassé une ligne qu'on ne connaît pas, les ca-mions ne vont plus que dans une direction.

Et j'imagine une lumière qui vient de partout, qui vient du ciel et de la terre et pour que la route reste présente, j'inven-te une lumière qui ne varie pas. La terre est blanche comme le ciel est blanc. La neige est douce comme le ciel est bleu.

Une semaine est une semaine, un mois est un mois. Quand les jours rallongent en février, ceux qui ont parlé se sentent tel-lement coupables qu'ils n'osent plus dire ces mots: «La route est vraie.» Ils disent: «À la fin de l'hiver...» Ils disent: «Le 21 mars...» Ils inventent des diversions pour me faire croire que la délivrance est proche, mais je ne suis pas dupe et je sais que der-rière leur volant, ils se sentent aussi malheureux que moi. Ils disent qu'avec le dégel, on pourra faire un bout de chemin; ils inventent des images et des calendriers pour me faire patienter. Ils cherchent des faux-fuyants comme ceux du collège le faisaient et les truckers *qui ont trop parlé font semblant d'avoir dit des sottises parce qu'ils avaient bu.*

25

Avant qu'on nous apprenne à marcher, on nous avait montré que nous devions chanter pour lui, que le jour et la mer et l'été étaient des choses inventées pour lui; pour nous rendre heureux, on nous avait dit que sa peau, c'était une substance qui goûtait comme le sucre.

Nous avions vu un goéland dans un arbre et il était le seul à nous avoir crus.

En grandissant, il devenait plus fort et sauvage, il restait toujours trop loin mais pourtant, nous restions convaincus qu'avec le temps il se rapprocherait. Il ne ressemblait à personne, et ce que nous aimions le plus, c'était de nous laisser aller à répéter une phrase comme celle-là: «Il ne ressemble à personne.» Ça nous faisait peur, par des mots comme ça, nous nous sentions plus proches de lui; lorsque nous étions tristes, nous nous consolions en nous disant que nous étions les seuls à le connaître... et nous pensions qu'il resterait toujours avec nous, lui, avec ses coudes, avec ses pieds, son rire et ses nuits d'été.

Il ne ressemble à personne.

Nous mêlions nos mains à ses mains.

Nous regardions l'heure sur sa montre-bracelet. Nous applaudissions.

Un jour, parce qu'il était devenu un homme, il avait rejoint une bande et on avait fait un tatouage sur son bras. Et puis sans raison, comme ça, au fil des jours il s'était éloigné.

Aurions-nous dû voir dans son détachement quelque chose qui disait que le bonheur n'est pas simple et qu'il est difficile à garder?

Il n'allait plus là où il avait toujours été, le long du ruisseau. Il marchait ailleurs avec les autres de sa bande. Il faisait comme s'il nous avait oubliés et, le plus souvent, il ne rentrait qu'au matin.

Il n'allait plus, comme avant, là où nous pouvions aller avec lui par la main, là où nous marchions avec lui dans ce plaisir, nous le croyions, qui durerait toujours. Le bonheur, son bonheur, notre bonheur... Marcher sur les trottoirs de bois, boire du Coke chez *Peanut's,* nous rouler sur le gazon des jardins.

Le plus grand bonheur de toute notre vie reste le soir où, en cachette des parents, il nous avait attendus pendant plus d'une heure pour nous emmener en promenade dans une voiture volée.

Une nuit du mois d'août, nous l'avions vu de la fenêtre de l'étage, et cela pendant plus d'une heure, nous l'avions vu marcher, s'arrêter et marcher... et nous étions fous de joie, à pleurer rien qu'à penser qu'il était venu pour nous; parce qu'il ne nous en fallait pas plus avec lui. Ses mains... les mains dans les poches... marcher... et la plus grande fierté de toute notre vie avait été de nous dire à nous-mêmes qu'il faisait nuit et que quelqu'un nous attendait dans la cour.

Parce qu'il était arrivé avant la noirceur, il n'avait pas osé nous faire signe et, pendant plus d'une heure, avec la tombée du jour, nous l'avions regardé, sans qu'il sache que nous le regardions, aller d'un bout à l'autre du terrain, puis s'appuyer sur la clôture; après un temps, enlever son blouson et s'asseoir dessus. De la fenêtre, nous buvions ses pas, ses gestes, comme dans la vie nous suivions ses pas, ses gestes... et nous étions heureux rien qu'à le voir regarder en l'air pour s'assurer du temps, rien qu'à le voir étirer ses bras, ses pieds, et puis, comme s'il eût voulu nous faire un plus grand plaisir encore à nous qui étions maintenant accoudés à la fenêtre de l'étage, passer sa main dans ses cheveux.

Une Buick Riviera dans l'herbe, est-ce que nous l'avions vue ou bien est-ce que nous l'avions rêvée? Le tronc des arbres et les champs de fleurs... te souviens-tu de cette nuit-là, Ti-Lou? C'était la dernière de l'été. Tu avais dit qu'en fonçant très vite, la Buick dans la mer allait devenir un bateau et nous t'avions cru. Nous avions roulé dans la nuit exprès pour sentir sur nos visages et sur nos avant-bras le vent venu du large. C'était peut-être trop?

Sans prévenir, il était passé nous prendre et, dans la voiture, nous avions roulé jusqu'au matin. Nous nous rappelions le bruit des pneus qui crissent sur l'asphalte; dans les tournants, la lumière des phares balayait les champs de foin et le tronc des arbres. Nous nous rappelions nos rires aussi, nos jeux et nos cris... Parfois, sur le chemin des falaises, il lâchait le volant. Nous buvions du Pepsi et puis, avec les premiers rayons du soleil, la voiture avait fait une embardée.

L'éclat brillant des portières qui s'ouvrent sur les verges d'or, le geste d'avoir désobéi et de s'enfuir dans une voiture volée, te rappelles-tu ce matin-là, Ti-Lou? La brume sur la peau calleuse de nos mains, le sel qui se ramasse et qui goûte sur le rebord des lèvres, comment te dire combien le vent nous a trompés? Nous riions trop?... Avec le jour, c'était septembre, et avec l'automne, le temps a changé.

Pour revivre cette nuit d'été, pour faire que la brise se lève, pour que quelque chose comme ça puisse revenir...

Il était le plus grand, le plus beau, le plus drôle; il savait toujours nous étonner.

Il était fou et sauvage; il aimait les routes et les camions. Son rêve, c'était de prendre un moteur et d'en nettoyer une à une toutes les pièces. Son rêve était de rouler du matin au soir, toute la journée, toute la nuit... Pour la première fois, il venait nous chercher à l'insu du père et de la mère. Avec la venue de la neige, il s'était enfui du collège, et nous étions restés sur place avec nos questions.

Aurions-nous dû voir dans cette visite un signe avant-coureur de sa fuite? Avant même qu'on ne se lance résolument vers la Noël, il n'était plus là. Aurions-nous dû voir dans cette attente, cette marche, ces allers-retours d'un bout à l'autre de la cour, ce regard projeté vers le ciel, ce blouson qu'on enlève et puis qu'on plie comme un bagage, un message nous annonçant que le bonheur, ça ne pouvait pas durer?

Nous n'avions pas compris que s'il allait comme ça avec les mains dans les poches, que s'il marchait le long du ruisseau, c'était que dans notre maison il était trop à l'étroit.

Le père disait: «Tu n'es jamais content.» La mère disait: «Je ferai des desserts.» La mère disait aussi: «Tu aimes le chocolat...», et nous pensions à cette baignoire trop petite d'où émergeaient les couleurs de son bras.

Comment lui dire – est-ce important de dire – ou comment nommer – nommer bien sûr, c'est faire naître les choses –, alors comment nommer tout le plaisir que nous avions à être avec lui l'hiver, l'automne; ou bien l'été ou bien le printemps?

Sur la route, nous ne savions pas où aller. Et puisqu'on était en hiver, on parlait des tempêtes et on disait que la route était bouchée un jour sur deux. Nous avions peur des tempêtes, et, il nous faut l'avouer, nous avions peur de l'immensité du continent aussi.

Comment lui dire encore et comment lui avouer qu'il n'y avait qu'avec lui que nous pouvions rire parce que nous avions vu quelqu'un les doigts dans le nez?... Avec les autres, il nous fallait toujours faire comme si ces choses-là n'avaient pas existé.

Nous n'allions plus, comme nous le faisions quand nous étions tous les trois, marcher sur le chemin qui menait au village, marcher lentement, en regardant la mer, lentement, en regardant les gens nous regarder.

Nous n'allions plus, et de ça, le père et la mère, et mille autres personnes pourraient témoigner, sur le trottoir de la grand-rue, lentement, avec lui, doucement, à regarder les vitrines des magasins, nous rendre jusque chez *Peanut's,* et puis revenir par l'autre côté.

Il était là avant que nous soyons nés, il avait été le premier à nous faire monter sur son vélo et il avait inventé nos expéditions de nuit.

Nous avions découvert le plaisir d'aller à la file indienne, l'un derrière l'autre; marcher de notre maison par les trottoirs de bois jusqu'aux champs qui longeaient le chemin.

Avec lui encore, à la noirceur, nous avions appris à reconnaître les étoiles, à les nommer... Tout un été à attendre la nuit du 13 août, et puis rester des heures à regarder le ciel, la tête renversée jusqu'à ce qu'on en ait mal dans le cou.

26

Peut-être fallait-il chercher autour de ce que ces étés sauvages avaient fait de nous? Il allait toujours comme s'il était pressé, toujours comme s'il lui manquait quelque chose... Né un matin d'été, il croyait que la vie devait être belle. Des champs d'herbe. Des champs de fleurs. Dans l'île, au mois d'août, est-ce qu'il est déraisonnable de croire que le monde est un jardin? L'horizon, c'est grand. Le vent dans l'herbe, c'est vivant... et puis naître un matin de soleil, n'est-ce pas là un privilège qui comporte aussi des risques?

Le père disait: «Tu n'es jamais content... Tu veux toute la terre et toute la terre on veut te la donner. Tu dessines des chemins. Tu veux connaître le monde et aller plus loin que tout ce que l'on a vu... Tu veux nous quitter.»

Marcher dans des couloirs en frôlant le mur de la main.

Sur la route du Nord, s'il avait pu toucher un à un tous les sapins, il l'aurait fait.

Et se tenir droit, debout; étendre les bras pour attraper quelque chose qui ferait que la route prenne un sens. D'un geste, évaluer des distances, se questionner devant l'eau qui coule si on a soif, si on doit boire, si l'eau qui coule pourra étancher notre soif; en regardant le ciel, se demander: Qu'est-ce qu'il va nous donner?

L'hiver dure depuis six mois.

Le vent, on l'a déjà vu, a fait tomber des maisons.

En avril, remonter vers le froid a quelque chose de choquant.

Et pour que tout soit prêt et pour que cette route là-bas mène quelque part, il aurait voulu déjà avec les cartes palper les sols, voir les couleurs. Ce qu'il aurait aimé le plus, c'est de parler des dessins aux hommes des relais.

Sous l'enseigne de la cour, une question maladroite, et c'est le silence que l'on récolte.

Il aurait demandé jusqu'où peut-on aller précisément.

Sur le comptoir, on aligne des bouteilles, on verse dans des verres et même si la joute est inégale, je pose la première question.

Il aurait cherché à savoir si ce qu'on dit de la route est vrai. Les arbres, les rochers, les marécages...

Autour du garage Shell, on entend les moteurs.

... les couleurs, le vent et le silence... Quand on est rendu très haut, il fait tout le temps jour ou il fait toujours nuit; les camions perdent la radio.

Et il aurait demandé aux camionneurs s'il est vrai que la route pénètre sous la glace, là où c'est bleu et blanc sur la carte, là où c'est toujours le jour ou la nuit, rendu à cette hauteur où le ciel et la terre sont pareils et où on n'entend rien.

Chaque matin le bac rentrait pour repartir le soir. Nos questions et nos réponses étaient à l'image de ce va-et-vient. La nuit s'étendait sur nous comme arrive l'automne à la fin de l'été, et puis comme s'installe l'hiver à son tour quand c'est la fin de l'automne.

L'Ouest, le Sud, l'Ouest, le Sud, l'Est..., mais c'est toujours vers le nord qu'il se tournait, et si ses mots parlaient parfois des déserts et du vent qui allait dans toutes les directions, sa main, elle, dessinait des trajets qui allaient vers le froid et ses doigts roulaient par-dessus le globe terrestre.

Des rivières, des villes, d'autres pays et des langues qu'on ne connaissait pas; sa main, elle montrait quelque chose qui était perdu et elle cherchait à nommer une route qu'on avait oubliée.

Il parlait de l'eau qui coule; en avril, des glaçons qui fondent au bout des toits. Il parlait des lumières, des aubes et des crépuscules. Pour nommer le bonheur, il parlait de l'été. Il ne disait pas le mot *fuite*, mais il disait *se sauver...* Alors comment aurions-nous pu lui faire comprendre ce que nous avions à lui dire, pour qu'il sache pour vrai que nous l'aimions et que nous n'en pouvions plus d'attendre? Marcher en se tenant la main et que tout redevienne comme avant, dis-nous, Bon Dieu, est-ce que c'était encore possible?

Les couleurs de la nuit de la Saint-Jean et celles plus belles encore du mois d'août avec ses étoiles qui déchirent le ciel. Les lumières de Noël et cet instant magique qu'est le cœur de l'été... Toute notre vie s'accrochant à ces choses inutiles... Les pissenlits et les marguerites en juin. Sur les étangs, au mois de juillet, des iris sauvages sur d'immenses étendues. Puis la fin des jeux avec les verges d'or et les asters en automne, partout, au bord des falaises comme sur le bas-côté des chemins.

Savoir nettoyer une à une toutes les pièces d'un moteur, faire cul sec d'un Pepsi ou pêcher l'anguille au harpon: quand il découvrait quelque chose, il nous l'apprenait. Et lorsque nous étions lents à comprendre, il savait être patient, prendre un crayon et expliquer les dessins. «Là, c'est le caribou que l'on démêle de l'orignal par sa taille...» Il ajoutait que, dans le Nord, le caribou se déplace en troupeau. Pour montrer les voyages qu'il ferait, il décrochait la carte pour la déplier sur la table de la cuisine.

«Là, c'est l'Atlantique. Ici, plus loin, l'autre océan. Vous voyez: le continent monte entre les deux...»

Bon Dieu, toi Bon Dieu, dans le fait qu'il soit parti, tu y es bien pour quelque chose! On dit que tu diriges tout. Il ne nous reste que les photos des albums. Nous pouvons bien te l'avouer à toi, Bon Dieu, notre grande peur, c'était d'en arriver un jour à vivre ailleurs et oublier à quoi il ressemblait.

27

Tout ce qui se produisit pendant que nous étions là-bas dans l'île appartient au passé.

Un jour, parce que nous avions encore grandi, le père et la mère nous envoyèrent au collège et si nous nous rappelons ce premier séjour en ville comme d'une année longue et difficile, avec l'habitude, nous nous étions fait des amis et, d'une saison à l'autre, le temps avait passé.

Il vint un été où nous étions devenus assez grands pour trouver du travail... et nous restâmes tout l'été sur le continent cette année-là. À l'automne, nous nous étions inscrits dans une équipe de sport, au printemps, ce furent les examens... aussi n'avons-nous pas été surpris outre mesure lorsqu'on nous annonça que le père et la mère avaient vendu la maison de la falaise. Nous étions à l'école, le père et la mère étaient devenus vieux et il vint un temps où l'on dut convenir qu'il était difficile de vivre dans la grande maison de bois battue par les vents.

Un matin du mois de juin, les déménageurs mirent nos affaires sur le bac, et, à partir de ce moment-là, on se permit de dire que tout ce qui s'était produit pendant que nous étions dans l'île appartenait au passé.

Bien sûr, tout quitter ne fut pas simple et nous avions eu des objections, nous disant par exemple: et s'il lui ve-

nait un jour à l'idée de rentrer... Ou encore: si pour une
raison ou pour une autre, il prenait le bac un matin pour
s'en venir frapper à la grande maison de bois... il n'y aurait personne pour répondre à la porte à ce moment-
là?... Et les lettres?... Bien sûr, la boîte restait toujours sur
le bord du chemin, mais que se passerait-il lorsqu'elle serait pleine et qu'à cause de sa trappe restée ouverte on
retrouverait sur l'asphalte ou entre les madriers des trottoirs les circulaires et les cartes de Noël que le facteur y
avait apportées?

Ⅰ La phrase qui dit qu'une affaire peut être gâchée
par la hâte nous hante, mais est-il suffisant de croire que,
parce que nous habitons aujourd'hui sur le continent,
nous nous retrouvons plus près de la route, et que la route, du moins en ce qui a trait à cette portion qui va de la
ville jusqu'au garage Shell, on peut la parcourir maintenant en toute saison?

Ⅰ Le temps passe. Nous devenons des adultes. Parfois,
nous nous rendons à pied jusqu'aux limites de la ville.
Nous traversons le fossé et nous grimpons par-dessus la
clôture de broche, car pour lire ce qui reste des caractè-
res sur les écriteaux, il faut monter sur quelque chose et
déchiffrer là où il y a encore de la peinture... et puis, avec
les lettres, recomposer les mots.

28

La vie était belle des soirs et des matins. Les jours
de brume, on ne voyait pas chez le voisin et nous avions
pris à la lettre l'adage qui disait qu'on pouvait faire tout
ce qu'on voulait ces jours-là.

Il y avait les bateaux qui sortaient du port alors que
c'était encore la nuit. Les bols de café étaient déjà sur la
table de la cuisine à huit heures quand nous nous levions.
On pouvait voir, pas trop loin du bord, les pêcheurs remonter les cages jusqu'à midi.

Te rappelles-tu ces choses-là, Ti-Lou? Les foins qui
se courbaient sous le vent et les champs de fleurs. Pour
nous faire peur, tu nous prenais sur ta bicyclette et dans
les côtes nous allions crier. Ton cœur dans ta poitrine, le
bruit du vent dans ta chemise ouverte; comment te dire
jusqu'à quel point l'été va nous manquer?

Du bout des doigts, des lèvres, avec toute la paume
de la main... Quand tu dépliais la carte, nous allions rê-
ver. Te rappelles-tu ce sourire que nous avions lorsque
tu nous avais fait monter dans une auto volée? Tu ne res-
sembles à personne. Tu veux toute la terre et toute la terre on veut te la donner. L'été, le printemps... Les rigoles
d'eau sale dans la cour et sur le bas-côté des chemins,
oublieras-tu jamais tout ça, Ti-Lou, ou peut-être est-il trop
tard maintenant? Le dos contre la falaise, nous criions

devant la mer jusqu'à en être exténués. Un goéland dans un arbre, nous ne pouvons pas nous être trompés, et la corne de brume qui gronde dans la fraîcheur du matin... Peut-être devrions-nous plier l'échine devant un mot comme *patienter*?

29

Tout l'été, nous avons roulé dans des Cadillac im-
mobiles, et toute notre enfance nous avons poussé derrière des Ford écrasées dans l'herbe, t'en souviens-tu
pour vrai, Ti-Lou? Nous nous couchions sur le ventre,
nous nous levions sur les coudes et nous nous appuyions
le menton dans la main.

Te rappelles-tu ces langueurs qui rendaient nos journées interminables? À cinq heures, le sable devenait du
sucre doré; nous avions adopté un aigle, sous le lit était
la maison des poupées. Te rappelles-tu le jour où il y avait
eu un orage tellement fort qu'on avait dû couper l'électricité? Tu disais qu'une île, finalement, ce n'était jamais
une île. Tu croyais que sous la mer, il y avait des chemins.
Tu parlais de la route, tu disais que le bac menait à la
route; elles étaient donc vraies, ces histoires que tu nous
avais racontées?...

Le bonheur, c'était de passer des après-midi à jouer
dans le cimetière de voitures, s'asseoir derrière le volant
des plus belles, sentir le vent sur nos joues...

Te rappelles-tu les noisettes aussi, que nous ramas-
sions dans des poches et puis que nous allions battre sur
l'asphalte de la cour? Entre l'escalier de la maison et la
porte du garage, nous avions fini par tracer un sentier
juste à force de passer. As-tu appris le secret de l'herbe

qui reste verte? Une île qui n'est pas une île, le rêve d'une route, un chemin... Nous écris-tu des lettres pour nous dire que tu as trouvé le vent chaud?

Le temps est venu, Ti-Lou, parle-nous de ta main.

30

Aussi explique-nous sur la carte les dessins.

Traits de la faune terrestre et marine
Characteristics of land and marine fauna

En légende, il y a des orignaux, des caribous et des castors. Plus haut, d'autres signes qui montrent où se cache le renard arctique. Qu'est-ce que ça veut dire «salmonidés»?
Raconte aussi ces chemins qui glissent sur ce monde que tu parcours maintenant depuis des années. Des noms. Aupaluk, Salluit, Déception... Sur la carte, une tache qui est notre île dans la mer.
Nastapoka, Hopewell, et puis le lac Minto; le lac Tassiat et le lac Couture... une pointe de terre monte entre deux océans...

Les services aériens et maritimes
Air and maritime services

Les services de santé
Health services

L'enneigement

Depuis des années, nous regardons la carte sur le mur, et puis nous nous demandons si les cadrans qui donnent les fuseaux horaires ont quelque chose à voir avec la longueur du chemin. En gros titre: «Dessins et cartes du territoire». Retrouveras-tu la piste qui revient vers notre île, ou peut-être est-il trop tard pour ça maintenant?

Nous nous étonnons encore de constater qu'après toutes ces années, nous restons aux aguets, avec les bras prêts à s'élancer pour faire un geste, comme si cette trop longue absence ne nous avait pas épuisés. Nous comptons les jours, les semaines, et s'il nous arrivait, par exemple, de considérer plus que les mois ou les saisons, peut-être réaliserions-nous par là que nous avons grandi, que nos genoux, que nos mains, que nos pieds, ce ne sont plus les mêmes. La vie a changé.

Le bassin hydrographique
Hydrographic basin

Le réseau routier et les chemins de fer
Road and railway network

Sur la carte, du bout du doigt, nous nous laissons aller parfois à inventer un trajet, d'une terre à l'autre, passant là où l'on indique des ponts, allant plus loin... L'été, tu pouvais passer des heures à réparer des voitures; là-bas, dans l'herbe qui pousse le long de la route, peut-être es-tu devenu toi-même un chauffeur de camion? Et si, à l'inverse de ce que l'on a toujours cru ici, tu étais monté là-haut d'une seule traite, peut-être serais-tu resté là-bas à attendre que l'on te rejoigne. Pendant toutes ces années, c'est toi qui nous aurais attendus, Ti-Lou? Il ne nous faut pas y penser...

Villes et villages
Towns and cities

Territoires de chasse et zone de conservation
Hunting territory and conservation area

Il nous reste à dire un à un, sur la carte, les dessins...

Le phoque annelé
Ringed seal

Le phoque barbu
Bearded seal

Le morse

Parce que, comment croire que tu sois rendu aussi loin, et comment nous mettre dans la tête que la vie ne sera plus jamais comme lorsque nous étions jeunes? Avec nos jeux, nos mains sur la carte, avec la neige et le facteur qu'on voit monter... Quand tu découvrais quelque chose, tu nous le disais et tu nous avais fait faire le tour du monde dans une Buick volée.

La course sur la falaise, la douceur du vent sur nos bras... nos cris aussi quand tu allais vite et que tu faisais le fou; nos cris ou nos rires – on ne sait plus – qui se mélangent avec les asters parce qu'au mois d'août dans l'île ce sont les asters. Le bruit du moteur, le crissement des pneus et nos mains qui se confondent aux tiennes et qui leur ressemblent, nos mains. À l'aube, dans la tranquillité du premier jour de septembre, il y a ta lèvre qui saigne.

Et puis la portière de la voiture qui s'ouvre dans l'herbe, les premières lueurs d'un jour clair, est-ce que cela veut toujours dire quelque chose pour toi, Ti-Lou?

Peut-être que la chose à faire, ce matin-là, c'était de s'accrocher à tes bras et tes jambes, solidement, en oubliant le ridicule, quitte à ce que nous soyons par la suite tous les trois empêchés de marcher?

Peut-être aurions-nous dû faire fi des convenances et nous attacher à toi avec des chaînes et des cadenas dont on aurait jeté les clés au fond de la mer pour qu'elles disparaissent pour toujours?

Sur le chemin qui ceinture l'île, tu nous avais fait découvrir ce que nous n'aurions jamais osé imaginer. Avec le jour, c'était la fin de l'été. Peux-tu concevoir ce qu'a été notre peine le matin de décembre où tu es parti?

Les postes de traite
Trading posts

Les chemins principaux et les chemins saisonniers
Main roads and seasonals roads

Les eaux

Nous serons toujours prêts à recommencer notre quête, Ti-Lou, et cela peu importe la longueur qui sera celle du chemin.

31

Cependant, jusqu'où nous faudra-t-il aller et jusqu'à quand nous faudra-t-il attendre... comme nous le faisions les soirs d'été par exemple, est-ce que ça va durer encore longtemps?

Tu disais que toute la vie, on pouvait l'attraper.

Tu ne pouvais pas être heureux sans lever les bras au ciel.

Tu disais que tu aurais le courage d'aller jusqu'au bout du chemin.

... Et puis dans quel but et pour quel dessein être condamnés à aimer, comme ça, à regarder fuir, à aimer sans atteindre, pour rien, et à être des mois et des années sans recevoir de lettres?

Tu disais que là-haut, la terre et le ciel se confondaient. Tu inventais des signes avec tes mains. Au faîte d'un arbre, tu créais des châteaux et tout un été tu avais appris les noms des fleurs.

Prier, c'est prendre la main et toucher le front... est-ce que c'est comme ça? Quand tu es là, les mots nous manquent et sur nos bancs d'école, nos bouches restent ouvertes comme si nous étions des poissons morts.

Ou avancer des chaises, regarder dans les yeux, dire que nous aimons, est-ce que c'est comme ça?

Si la route du Nord va aussi loin que le croient les chauffeurs des camions, peut-être devrions-nous partir tout de suite à ta recherche et aller, comme nous pensons le faire, à ta rencontre par l'autre côté?

Des fois, nous disions qu'un jour, nous irions à sa rencontre de l'autre côté de la terre.

32

«Répète. Mets ta main sur ma bouche; dis les mots.»
Là, nous jouons au sourd-muet.

«Ferme les yeux. Essaie de comprendre rien qu'avec
le bout des doigts ce que nous allons dire. Tu peux toucher
tout le visage. Tu peux t'aider de la paume de la main.»

Parce qu'il était le plus grand, nous étions timides
avec lui et parce qu'il était notre héros, nous n'osions
pas lui dire que nous l'aimions.

«Écoute avec le bout des doigts, la paume... puis toute
la main. Nous allons répéter plusieurs fois. Ferme les yeux.»

Parfois, il allait tout seul, et nous le suivions de loin.
D'autres jours encore, il nous entourait l'épaule. Il mettait ses mains sur nos têtes. Le bonheur, nous l'avons dit,
c'était de marcher sur l'asphalte du chemin. Être contre
lui. Voir les autres nous regarder. Pour lui dire que nous
l'aimions, nous jouions au sourd-muet qui est aveugle.
Nous prenions sa main. Nous mettions sa main sur nos
bouches. «Ferme les yeux. Avec le bout des doigts... Ferme les yeux. Tu triches.»

Le bonheur, c'était de le savoir heureux et de le voir
rire; nous lui disions des mots faciles et nous les répétions souvent. Je t'aime, tu m'aimes. Nous t'aimons.

Pour marcher sur la grève, nous marchions à côté
de lui. Les jours où il était malheureux, nous le suivions

de loin. Il avait toujours quelque chose à faire. Pour le voir rire, nous lui donnions des bonbons. Le bonheur, nous ne nous lasserons jamais de le répéter, avait duré jusqu'au matin. C'était la nuit qui précéda le jour où survint l'accident de la falaise.

Il nous avait montré le ruisseau et fut le premier à nous avoir dit de l'été des choses aussi belles que: les jours sont plus longs en cette période que pendant le reste de l'année. Il avait parlé du solstice de juin et des feux de la Saint-Jean. Il avait déplié une carte pour nous expliquer le mouvement des planètes. Il nous disait ce qu'il découvrait.

À l'aube, nous sautions du lit pour voir se lever le soleil. Le soir, nous constations avec lui qu'il faisait clair longtemps après le repas. Nous marchions des heures. Il racontait des histoires et lorsqu'il racontait des histoires, on aurait dit qu'il alignait les mots, qu'il imaginait les paysages et que tout ça, les mots et les paysages mis les uns à la suite des autres, il le faisait juste pour le plaisir. Il nommait les pays qu'il allait voir, les langues qu'il allait parler et lorsqu'il était fatigué, avec ses mains sur des cartes, il inventait des trajets. C'était l'heure que nous aimions le mieux.

Vrai, la nuit, nous sortions dans la cour pour apprendre les noms des étoiles.

Et parce qu'il était le plus fort et parce que nous le croyions immense et savant, nous nous accrochions à sa taille et nous mettions nos pieds sur les siens. Il avait parlé de la nuit du 13 août, nous renversions la tête jusqu'à tomber par en arrière; en riant, nous courions pour le rattraper.

Il allait sans se retourner, parfois il pouvait nous repousser du pied, mais lorsque nous étions fatigués, il nous laissait nous appuyer contre lui pour marcher. Il mettait ses mains sur nos têtes.

Le bonheur, c'était d'aller le long du ruisseau et de sentir ses doigts pénétrer nos cheveux.

33

Cette vallée que l'on dessine entre les butteaux, une raie qu'on trace dans les poils, comme ce que serait un partage des eaux: la ligne du ventre, si c'est le ventre, le plus souvent la courbe de son dos...

«Mets ta main sur ma bouche, mes yeux... Ton souffle...Tiens, tu bouges.»

Jouer au sourd-muet-aveugle, ce pouvait être ça aussi.

Ou glisser nos mains sur sa nuque, regarder dans ses oreilles; surprendre, quand il était dans son lit, un pied qui sortait de l'édredon.

Et puis tracer, du bout de nos doigts sur sa jambe, un chemin.

Arriver dans sa chambre entre ce moment où le soleil pénètre déjà par la fenêtre et celui-là où les autres allaient se lever.

Mettre nos doigts sur son pied. Toucher ses muscles. Quand il allait avoir quinze ans, nous étonner de voir des poils sur son mollet.

Ensuite mettre notre doigt sur la bouche de l'un et de l'autre pour nous contraindre au silence. Étouffer des rires s'il bougeait... et quand il allait se retourner, attendre de longues minutes. Parce que les jeux que nous inventions étaient terriblement sérieux.

Le samedi, quand nous pénétrions dans sa chambre, si la maison était encore tranquille, nous le regardions dormir. Nous nous mettions les doigts sur la bouche et nous allions sur la pointe des pieds. S'il venait à bouger, nous retenions notre souffle.

À six heures, il dormait, couché dans un rayon de soleil, et c'était le commencement du monde tous les matins. La saison était peut-être l'été. Le moment du jour devait être celui-là: entre ce dehors où c'est une pleine clarté et cet instant où la maison allait se réveiller. Il était étendu sur son lit et ce qui nous frappait quand nous entrions dans sa chambre, c'était qu'un pied dépassait de l'édredon.

Un matin d'hiver, une fois, nous avions avancé nos doigts près de sa bouche et il nous avait réchauffés.

Tous les jours, il y avait quelque chose de neuf.

Depuis que je suis parti, je monte, je marche le long du chemin et, si un camion vient à passer, le trucker *me prend avec lui.*

Nous roulons. Pour parler, nous employons les mots que l'on connaît dans l'île. Il y a la lumière et le vent. Mais le plus souvent nous ne parlons pas.

Et puisque depuis des semaines il n'y a jamais un arbre, une bête ou une montagne pour venir créer un paysage, on comprendra qu'une conversation valable est difficile à tenir et que généralement nous nous taisons. La route défile. La température ne change pas. Les jours peuvent durer des semaines. Et parce que les pièces sont bien huilées, le ronronnement du moteur reste toujours le même.

Je monte dans un camion. D'une station à une autre, la neige frappe sur le pare-brise, et même si la visibilité devient nulle, les camions vont garder la route comme savaient le faire les chevaux d'autrefois.

Plus. Les truckers, *on le sait, connaissent leur machine. Mais à mon grand étonnement, il semble que les camions connaissent aussi leur chauffeur. Selon celui qui tire sur la corde, le bruit du klaxon ne sera jamais le même. Ils demandent plus d'essence. Devant un étranger, on a vu des camions refuser de démarrer le matin.*

Les jours de pluie, parfois, des heures passées à aller dehors, à rentrer dans la maison, à ressortir... nous, les plus jeunes, le nez collé sur la vitre pour surveiller son ciré jaune sur le chemin. Son bruit de pas lorsqu'il frappait ses bottes contre le chambranle et qui n'était pas le même bruit que lorsqu'il revenait de la neige.

Les jours de soleil, des jours sans lui où même si nous avions couru à sa chambre de bonne heure, nous n'avions trouvé qu'un lit vide et une pièce en désordre. Son vélo n'était plus au garage et nous allions nous rendre compte que sa canne à pêche n'était pas dans l'atelier non plus.

Son rire lorsque nous grimpions sur son dos, ses projets de voyages, son corps dans la baignoire et sa main ouverte sur le couvre-pied du lit quand il dormait...

Les soirées de colère, dans sa chambre dont la porte avait été claquée tellement fort qu'il ne nous serait pas venu à l'idée d'aller l'ouvrir parce que nous l'aurions cru collée, vissée à son cadre ou barrée avec des planches.

Et puis ses mots en langues inconnues dans l'île, inventées ou vraies; des mots dits les uns après les autres pour former des phrases ou seulement pour les répéter comme si les mots n'étaient que des sons pour rien.

Des souvenirs, nous en avions des tas, des tonnes, «un char et une barge»; son image à lui, elle emplissait notre maison, nous coupait le souffle et mettait en colère le père et la mère parce qu'ils pensaient qu'on ne pouvait pas revenir en arrière et que ce qu'il y avait de mieux à faire, c'était de l'oublier.

«Tu dis ça pour vrai, Ti-Lou?»

«C'est beau, c'est grand... On peut rester à la même place et constater des écarts de température formidables dans une même journée.» Il donnait le nom des déserts. Et puis il racontait qu'il irait monter les chevaux là-bas.

Il avait préparé un *scrap-book* sur tous les océans. L'Atlantique et le Pacifique. L'océan Indien, parce qu'on nous avait toujours montré des Indiens dans la forêt; l'océan Indien, nous avions de la difficulté à nous l'imaginer. Et puis, différencier l'Arctique de l'Antarctique, de ça nous étions incapables. Pourtant, des fois il nous arrivait de croire avec lui que le vent soit chaud, que le vent, à l'inverse de ce qu'il était ici, se fasse plus doux dans le Nord et qu'il en vienne à caresser juste un peu la peau.

Nos souvenirs étaient faits de voyages, de cartes et de dessins. Pour l'accompagner dans sa course, une main qui glisse sur les surfaces, qui montre et qui veut nommer.

Des routes, et toujours des routes... esquissées partout sur ses cartables. Des graphiques, un pont... tandis que sur sa bicyclette, même pas d'ailes pour se protéger de l'eau sur la chaussée.

Lui qui voulait tout faisait comme s'il ne tenait à rien. Lui qui allait dépenser ses sous sans compter, il pouvait aussi marcher les mains dans les poches, comme ça...

Des affiches du Canadien Pacifique, des indicateurs sur l'état des chemins et, isolés sur les cartes, des points avec des noms sauvages qui ressemblaient à des noms de villes, mais qu'il nous avait dit n'être qu'un regroupement de cabanes.

Quand nous sommes nés, il était déjà là et nous avions cru qu'il resterait toujours près de nous, avec ses mains, avec son rire et avec ses cheveux défaits. Ses mains, ses cheveux, les mains dans les poches; le bonheur, c'était de marcher avec lui sur les trottoirs de bois, de courir le long du ruisseau, de s'asseoir tous les trois sur le toit de l'autobus tombé sur la plage. Nous le répétons: le bonheur, c'était de marcher contre lui sur le chemin qui faisait le tour de l'île. Le plus grand bonheur de toute notre vie était de lui tenir la main, de marcher toute la grand-rue... et de refaire le même chemin dans l'autre sens une fois arrivés à notre point de départ. Nous n'exagérons rien. Nous étions tout le temps tous les trois. Nous allions boire des Coke chez *Peanut's*. Notre main dans la sienne, nous regardions les gens nous regarder. Nous pouvions marcher une journée entière. Et nous étions inconsolables parce qu'un matin d'hiver, il était parti sans avertir, comme s'il avait été fâché.

Nous avions déjà échappé dans l'eau des outils de son coffre et peut-être ne nous avait-il pas pardonné lorsque nous avions barbouillé dans ses livres? Nous avions sauté sur son dos lorsqu'il écoutait la télévision, nous voulions jouer, bien sûr; mais peut-être était-il devenu trop grand pour jouer, à cette époque-là?

Tout nous parlait du temps qui passe. Nous disions toujours, longtemps, toute la vie... Avec le calendrier de la cuisine, nous allions nous cacher dans sa chambre, nous refermions la porte et pourtant nous restions incapables d'imaginer.

«Tou-te la vie», Ti-Lou... Seulement quatre syllabes...

Nous répétions les mots et pour que les mots puissent dire quelque chose, nous reprenions tout du début, de ses lettres du collège, de sa fuite à la station-service, de son départ pour le Nord et des photos qu'il nous avait laissées. Il nous était difficile d'imaginer une période aussi longue. Nous disions: toute la vie, oui..., mais pour combien de temps? Nous disions: jusqu'à l'année prochaine?... jusqu'aux vacances d'été?... et en faisant des marques de crayon sur le mur, nous répétions: jusqu'aux vacances d'été.

Couchés sur le ventre, nous essayions de comprendre cette durée qui commençait à l'instant et qui allait se poursuivre.

Noël allait venir et il ne serait pas là. Le samedi ne serait plus jamais un jour de fête.

Nous nous glissions sous le lit et, dans la pénombre, nous étions bien décidés à comprendre parce que les mots, quels qu'ils soient, ils doivent bien vouloir dire quelque chose. Nous répétions: il est parti pour toute la vie... et nous ne pouvions pas y croire.

L'hiver quand la neige tombe, le printemps quand les ruisseaux coulent et tous les étés qui restent à venir... Le bac qui, pendant l'été, fait huit traversées par jour; après quatre, pour en venir à deux pendant l'hiver: le soir et le matin... Nous répétions: et ce sera comme ça jusqu'à la fin. Nous savions que la neige était bleue. Nous savions aussi que là-haut, après qu'on a roulé des heures et des heures, le ciel et la terre sont pareils, tout faits de blanc et de tranquillité; nous pensions qu'il devait y avoir du rose et nous nous questionnions sur le soleil.

Combien de temps? Pour marquer les jours et les semaines, nous mettions des pierres dans l'allée du garage, nous roulions des balles de neige et nous comptions sur nos doigts. Les nuits les plus claires, nous repérions les étoiles comme il nous avait appris à le faire. Plusieurs fois la queue de la Grande Ourse pour atteindre la Petite Ourse. De l'autre côté, Cassiopée... et nous nous demandions si, d'où il était, il pouvait nous faire signe en apercevant lui aussi cette constellation perdue.

36

Il écrit.

Aller chez *Peanut's,* grimper sur les tabourets et, pour faire comme à la TV, commander des *sundaes,* des *banana splits* ou des Coca Cola... lorsque nous avions du temps, avec lui, ou lorsque nous avions de l'argent.

Pour faire enrager la mère, nous asseoir tous les trois à un même côté de la table et manger ensuite dans la même assiette. Constater qu'il est plus grand mais qu'il n'est pas plus sérieux que nous.

Il vole des bonbons.

Il met la radio trop fort.

Quand il prend son bain, pire qu'un bébé, il lance des poignées d'eau.

Et tenir sa main et souffler dans ses cheveux, ou mettre nos têtes sur sa poitrine, à vélo, quand c'est l'été, ça ne reviendra plus?

Les signes du temps qui passe sont implacables, et c'est un geste terrible que de changer un calendrier sur un mur.

Il écrit. Il avance sur la route, il saute d'un camion à un autre et va toujours dans la même direction. Aussi, quand l'homme était venu dans la cuisine pour nous annoncer qu'il avait quitté la station-service, nous nous étions bien douté qu'il nous faudrait être courageux –

le continent est immense et va entre les océans, sur le globe terrestre, la main bascule par-dessus la boule jusque de l'autre côté de la terre –, et quand l'homme avait dit qu'avant de partir il avait ramassé ses mitaines et accroché ses bottes à son havresac, nous avions compris, sans vouloir comprendre, que c'était la fin.

Il avait choisi un matin de soleil.

Il avait sifflé une chanson.

Nous le connaissons; il veut toujours aller plus haut. Quand un camionneur le fait descendre, tout de suite il veut en faire stopper un autre, sans s'arrêter, sans souffler; comme s'il n'avait pas le temps de se reposer... Ainsi, d'un camion à un autre, il va en s'éloignant.

Mais il écrit. Nous sommes certains de sa loyauté. Il écrit. Même s'il continue d'avancer. Des lettres longues, des lettres courtes; un mot parfois... Tout le chemin qu'il parcourt est dans ses lettres; pourtant, les camionneurs se taisent et lui, peut-être ne veut-il pas que nous le rejoignions? Il est devenu sauvage. Les derniers qui disent l'avoir vu ne se rappellent pas lui avoir parlé.

Il va dans la clarté et il n'a pas peur. La dernière fois qu'il a vu un arbre date de tellement longtemps qu'il a oublié.

Pourtant, des lettres toujours pareilles, avec les mêmes mots, le vent et les couleurs; des lettres longues ou courtes, selon le temps ou son humeur, nous on ne sait pas pourquoi, mais des lettres différentes les unes des autres aussi, par leur forme et par ce qu'elles racontent. Longues ou courtes, ce sont les lettres du début. Aujourd'hui, les messages sont encore plus brefs. Parfois – l'idée que la poste est mauvaise l'a peut-être effleuré? –, il se contente d'un dessin ou de quelques phrases et si avant il s'étonnait de l'absence d'arbres ou des couleurs de la tempête, maintenant il ne s'intéresse plus à des choses comme ça.

Les camions roulent vers le nord. Si un camion s'arrête, tout de suite il va monter dans un autre. Les semaines passent. Nous pensons qu'il va revenir et le pire, ce serait de ne plus croire à ce que nous attendons.

Alors nous nous en tenons aux répétitions, en croyant encore qu'à force d'aligner les mots, les prières et les photos...

Quand il est parti, il avait quinze ans. Nous ne connaissons pas son visage d'homme qui a dû s'épanouir et se raffermir; son corps a changé. Quand il est parti, il voulait tout connaître, tout voir; le vent, il aurait voulu l'attraper... Nous ne savons pas s'il est encore comme ça. À vouloir l'hiver plus froid ou à vouloir l'été plus beau. Il aime manger du chocolat. Il invente des voyages autour de la terre. Il capture au lasso les saisons.

Là, c'était le mois d'août. Une île toute de sable, avec des dunes, avec du foin dessus. À dix ans, il n'a pas peur de la vague et il saute dans la mer.

Là, assis dans une auto. Ici, le départ pour la pêche.

Et puis ses livres de couleurs, son coffre d'outils en bois et ses projets de voyages. Que faire d'autre que le tour de ce qu'il nous a laissé avec cette sensation étrange qui nous pénètre comme lorsqu'on entre dans une église?

Demander au Bon Dieu pour qu'il revienne? Que demander au Bon Dieu si ce n'est une réponse à une question que nous n'osons jamais poser. Prier?

«Bon Dieu...»

Lui, quand il est parti, c'était en semaine, à l'anglaise... Si nous avions été là... Nos bonheurs timides dans l'escalier.

«Bon Dieu... Réponds Bon Dieu...» Les camionneurs, eux, ne savent pas. Celui qu'on dit avoir vu dans la neige... Les camionneurs disent oui, non... Certains n'y sont jamais allés et les autres ne veulent pas parler. «On ne sait pas le nom du garçon qui marche.»

«Es-tu responsable, Bon Dieu, des livraisons postales? Comment savoir pour le tatouage sur son bras? Une ligne autour de laquelle on a construit un dessin. Vers le bas, des couleurs qui tournent et qui, lorsque le bras bouge, vont plus vite. Comme des roues. Plus haut, d'autres formes allongées et qui se rabattent avec le mouvement de l'épaule et qui sont peut-être des ailes.

Au garage Shell, on parle des couleurs et si, pour les formes, on reste imprécis, on dit oui, le dessin s'anime, on dit oui, d'abord ce que l'on croit voir, c'est un camion sur un chemin, après... Et puis les chauffeurs disent: «Mais ici, on est tellement habitués de voir des camions...»

Sur la route du Nord, lorsqu'on parle du dessin de couleurs, les camionneurs ne répondent pas. On doute, on hésite... On a vu quelqu'un. Oui... un garçon qui monte dans les camions et qui va sans s'arrêter.

Le vent, parce qu'il y a du vent, et la neige, à cause du vent c'est comme si c'était tout le temps la neige, le vent et la neige effacent ses pas et son chemin se perd comme la route qui va sous la glace.

On ne sait pas pourquoi il est parti et si, au début, on posait des questions sur son école, maintenant on ne le fait plus. Comme la route immobile, on se tait. De plus, le vent efface les traces et si quelqu'un est venu et si des hommes marchent ou parlent, on ne le sait pas.

La route continue par en avant et les hommes qui y sont allés ne sont jamais revenus. Alors que dire de cette virée au bout du monde et que penser de ce voyage insensé?

Nous sommes jeunes, nous l'aimons. Même s'il est parti sans prévenir, nous croyons que nous avons le droit de savoir. Les couleurs, le bruit... Parce qu'il est loin, nous ne pouvons pas lui dire que nous l'aimons. Et puis le froid, la lumière et la pénombre... On dit que la nuit dure plus de six mois et qu'est-ce que c'est, Ti-Lou, que cette sourde impression d'une remontée?

37

Peut-être était-il parti le matin comme nous le supposions et peut-être avait-il choisi un jour de soleil? Il
avait grandi, nous étions arrivés au printemps et tout ce
que nous savons à ce sujet, c'est qu'il n'avait pas abandonné son rêve d'aller là-bas.

Parce que pour lui, là-bas, ce devait être mieux qu'ici:
à cause de la lumière qui enjolive et qui purifie tout, à
cause de ce qu'il avait entendu aussi et qui voulait qu'une
fois rendu plus haut que la glace et les tempêtes, le vent
devienne chaud.

Pour lui, la route, ou faire la route du Nord comme
les camionneurs d'autrefois, il croyait que c'était encore possible.

Il disait que même s'il était raisonnable de penser
qu'elle soit abîmée, il devait encore y avoir des vestiges.

Et puis il pensait qu'une fois qu'il serait rendu là-
haut, elle serait facile à suivre, la route, parce qu'à cette
hauteur, elle quittait les bois et allait entre les rochers et
les marécages. On avait dit: en ligne droite... et ce bien
plus loin que le Prêtre-Gelé.

Mars était venu, avec lui le printemps et le dégel. Il
était parti pour monter vers le nord comme si cela avait
été le projet de toute sa vie.

Ses lettres disaient: «J'apporte pas grand-chose dans mes bagages...»

Ses lettres disaient: «J'écrirai...», et puis il avait décidé qu'il sauterait dans le premier camion venu.

Aux hommes, il avait posé des questions.

Pour bagage, il avait roulé son *sleeping* et avait accroché ses bottes sur son sac.

Il avait donné des poignées de main.

38

Il écrit. Pour faire comprendre à tout le monde, oui, et pour nous mettre au courant..., mais on ne le dirait pas. Il ne parle pas de ce qu'il voit et si, au début, le fait d'entendre des noms comme Brûlé ou Prêtre-Gelé nous faisait peur, maintenant, non. Il n'utilise plus de mots comme ça. Il va sur la route et les endroits qu'il dépasse ne sont jamais nommés.

Il ne parle pas des chauffeurs. Et si nous imaginons qu'il saute d'un camion à un autre sans s'arrêter, il ne dit jamais avec qui et il ne nomme jamais personne. Nous savons comment il est. Ses lettres pourraient faire croire que, sur la route du Nord, les camions vont tout seuls dans un jour sans fin.

Et c'est comme s'il n'y avait pas de troupeaux de rennes non plus.

Le service postal fonctionne mal, la route est mauvaise et il ne dit que très peu de choses en fait. Des lettres longues ou courtes. S'il a quelque chose à avouer, il ne le fera pas. Il ne nous dira pas qu'il nous aime.

Mais il nous écrit. À nous à qui il ne dit pas qu'il nous a abandonnés, à nous à qui il ne fait aucun signe pour dire qu'il va revenir.

Des lettres longues, ou vite bâclées; parfois des mots qu'il griffonne sur des papiers qu'il trouve. S'il ne les envoie pas tout de suite, il les oubliera dans son sac et s'il ne peut pas les mettre dans une boîte, il va les donner aux chauffeurs des camions. Et les jours se passent comme ça.

Il nous écrit des lettres.

Nous surveillons le facteur.

Il nous écrit des lettres et nous ne recevons rien.

C'est l'hiver. Ce sera le printemps. Entre la ville et l'autre côté de la terre, il y a une route qui monte et lui il veut aller jusqu'au bout du chemin. Nous l'aimons et pour revivre nos étés, il faut qu'il soit là. Pour aller au bout de la route, ça prend du temps, il faut changer plusieurs fois de camion et composer avec le gel et les jours de tempête où toute tentative ne sert à rien.

L'écran se fait noir et c'est l'Afrique. La Chine: un xylophone et des chapeaux pointus.

Nous voulons qu'il revienne. Nous imaginons son arrivée. On nous a demandé de l'oublier, mais nous ne le ferons pas.

Parce qu'il était le plus grand, il était un héros; tous les mois de l'année lui étaient associés. L'hiver, les jours de printemps. Septembre, qui vient après le mois d'août, était le mois qu'il préférait. À cause de son soleil, plus tendre, plus fin. Pour nous faire rire, il disait que septembre était le mois de la comédie. Que le temps pouvait aussi jouer l'été; même l'hiver tiens! Parce qu'il disait que le temps était un comédien.

Il parlait du mois d'avril. Il disait qu'au mois d'avril, on ne se découvre pas d'un fil. Plus tard, on nous a dit que cette phrase-là, il ne l'avait pas inventée. Et puis juin, juillet et le mois d'août.

Les mois comme les jours ou les semaines pour scander l'année, donner du rythme; des mots inventés pour parler du monde qui nous entoure.

Il disait qu'en y portant attention, on pouvait suivre la course du vent dans l'herbe. Il disait que la nuit de

Noël était la nuit la plus longue de l'hiver. Après, quand nous avions beaucoup parlé, nous nous tenions la main.

Le bonheur, notre bonheur, son bonheur...

Aller avec lui le long des falaises, se lever plus tôt pour voir la lumière du matin ou cracher des pépins de pomme; se pouvait-il que tout ce qui comptait le plus pour nous se soit enfui pour ne plus revenir? Et les fois où nous allions chercher un sapin dans les bois, boire du Coke chez *Peanut's* ou rouler sur le tapis du salon, tout cela ne serait jamais plus?

Nous nous barricadions dans sa chambre et nous pensions à ces mots: «Toute la vie...» La Saint-Jean, l'Halloween, après Noël... Il y aurait d'autres étés, mais il ne serait plus là. En septembre, les visiteurs regagneraient le continent; avec le mois de mai, il y aurait des arbres en fleurs.

«Toute la vie...» Il y aurait d'autres hivers et, un jour, nous cesserions d'être des enfants; se pourrait-il qu'après toutes ces fêtes de Pâques et ces anniversaires, il ne soit pas encore revenu?

Nous l'attendons. Le fait qu'il soit parti nous a chagrinés et nous comptons les jours qu'il nous reste à être sans lui. Un, deux... Jamais nous ne dépassons le chiffre trois. Nous répétons les mots, et répéter les mots nous donne le vertige.

Nous disons: «Toute la vie, oui... mais combien de temps?»

De la fenêtre de notre école, de la voiture, du train... nous pensions toujours l'avoir aperçu au pas de course, nous tournant le dos, au coin d'une rue...

Toute la vie, oui. Mais combien d'heures, de jours ou de mois?

Dans sa chambre, pendant le sommeil ou sous son lit où nous nous cachions pour pleurer, nous croyions encore qu'il reviendrait à l'improviste, qu'il sonnerait à la porte. Pour faire vite, nous alignons nos chaussures près de l'entrée; pour l'attendre, nous gardons des bonbons.

Et puis nous espérons des lettres, un coup de téléphone et nous guettons les camions.

Son départ, comme toute la durée de son voyage, est relié au calendrier sur le mur.

Nous prions pour qu'il revienne et il ne revient pas.

Les fougères, le temps des lilas. L'addition de périodes courtes, les unes à la suite des autres comme celle des quintaux d'avoine qu'on aligne dans les champs, et puis des temps plus longs comme peut l'être toute une saison nous ramènent à lui, à ses mains, à ses pieds... à cette façon qu'il avait de faire lever la roue de sa bicyclette et de filer sur le chemin en poussant des cris.

Nous voulons lui dire «je t'aime», et puis nous n'osons pas. Nous voulons lui écrire des lettres; depuis des années, nous attendons les siennes et, pourtant, jamais nous n'avons abandonné.

Avec les jours, nous savons qu'il s'éloigne. Chaque changement de mois est relié à une étape sur le mur. Nous en sommes maintenant aux animaux qui vivent dans le Grand Nord. Le pire, c'est de se mettre à penser qu'il montera tellement haut qu'on ne pourra plus le retrouver.

Il disait: «Combien loin?...»

Nous disons: «Combien de temps?...»

Il disait: «De l'île à la terre ferme, en ligne droite, entre les rochers...»

Tandis que nous parlions des jours, des semaines et des mois mis les uns à la suite des autres... pour faire combien de temps? «Toute la vie», jusqu'où ça peut aller?

Entre le Nord et le Sud, entre la carte sur le mur et le calendrier de la cuisine, nous sommes seuls et nous ne savons plus quoi penser.

La route du Nord va par en haut, et sur l'asphalte roulent les camions.

Il disait: «Sauter de l'un à l'autre; aller petits bouts par petits bouts... et, avec les semaines, pénétrer toujours plus avant sur le terrain.»

Il disait aussi: «Aller toujours plus haut; pour marquer un but, monter sur le dessus de la terre jusque là où, avec le globe, la main bascule de l'autre côté...», et puis des gestes comme boire du chocolat, surprendre un hibou dans un hangar ou laisser pendre ses pieds dans le vide nous avaient ensorcelés.

Nous recommencerons. En comptant les jours, les mois et les années, en lui inventant une image totémique selon la hauteur sur la carte, en faisant des lignes avec un crayon sur le mur, se peut-il que nous réussissions à comprendre la durée de son voyage? En mettant bout à bout nos anniversaires, nos années d'école et nos congés d'été, se peut-il que nous trouvions des réponses à nos questions?

Pour qu'il revienne, nous prions le Bon Dieu et nous attendons des lettres qui ne nous arrivent pas. Pour ne pas oublier, nous suivons sa course avec nos doigts, nous regardons les albums, nous posons des questions auxquelles on ne répond pas.

Des jours, des mois, des années.

Notre frère est parti sur la route du Nord.

Nous attendons des lettres et personne ne sait quand il reviendra.

39

Parce que sans rien, sans ce que l'on peut nommer, comme les arbres, comme les ponts, comme les camions qui roulent, qui montent, qui passent et qui me prennent; parce que sans tout ce qui nous entoure, comme les rennes et la neige qui s'amoncelle, je suis celui qui marche, je trébuche et je ne sais plus où aller. J'avais cinq ans, six ans, sept ans et je tempêtais contre ce qui m'empêchait d'aller plus loin.

L'hiver, le mot tempête *ça revient si souvent dans notre vocabulaire qu'il ne nous viendrait pas à l'idée de l'utiliser pour un événement qui se passerait en été par exemple. Ça ne se dit pas ici: tempête d'été.*

J'avais huit ans, neuf ans, j'avais dix ans et dans la grisaille il y avait la maison et l'école; après l'école, c'était le tour de l'île que l'on faisait sur le chemin qui nous ramenait à la maison... Je voulais prendre le bac et tout quitter, suivre la route qui partait de la ville et aller loin en avant jusqu'au bout. J'imaginais des haltes et le garage Shell en était une. Je voulais partir et le mot fuite, *parce qu'il est à lui seul un mot qui amène des conséquences, le mot* fuite, *je voulais l'oublier.*

Alors je m'imaginais partir sur des lignes droites qui, de mes pieds, s'en allaient toucher l'horizon. Je me réveillais tôt pour regarder se lever le matin, et le soir, pour surprendre le bruit des cigales, je laissais ma fenêtre ouverte. J'entendais le bruit des moteurs.

J'avais onze ans, j'avais douze ans, j'avais treize ans et aux abords de la route, on disait qu'il y avait des écriteaux. J'apprenais à connaître les plantes et les médecines que doivent montrer les femmes à un garçon. J'allais marcher dans la forêt, la nuit. J'écrivais le nom des fleurs. Je me couchais dans l'herbe pour goûter leurs parfums.

J'avais quinze ans. Des camions passaient sur la route et je suis monté. Et puis à cause du vent et du froid, et puis à cause de la neige, le monde a tourné et ce fut comme c'était dans les sables et l'océan.

D'abord, ce furent les arbres, et puis les ponts qui s'évanouirent, et puis ce fut la route elle-même qui disparut sous la glace. Après, le ciel bascula sous la neige, et je me suis perdu.

À huit ans, à neuf ans, à dix ans, j'avais inventé des jeux et mes mains s'étaient habituées à reconnaître les lieux sur les cartes.

Avant, loin de la ville et dans des terres où on ignore la route, j'apprenais le nom des plantes et le mode de fabrication des onguents et des baumes que l'on doit mettre sur les plaies; j'apprenais la douceur, la violence et les artifices que doivent enseigner les femmes à un garçon. La vie était une île que ceinturent des bancs de sable. Là où l'on rêve de beauté, dans ces endroits mal protégés où les vents viennent des quatre points cardinaux.

En décembre, parce que le vent du solstice d'hiver était plus fort sans doute, je suis parti. Et les choses se sont passées exactement comme j'avais cru qu'elles se passeraient. Point par point. Avec précision, et puis sans ces anciennes anicroches qui font que la vie est moins belle qu'on l'aurait souhaité.

J'avais imaginé un matin d'hiver et c'était un matin d'hiver. J'avais imaginé un camion énorme et il était tellement haut que, pour que je grimpe sur le marche pied, le chauffeur dut me tendre le bras. Et j'avais imaginé une route tellement blanche et tellement bleue qu'on disait autour que j'étais la victime d'une illusion.

Un camion rouge se découpe sur le vert des sapins. Il a mille roues et le bruit de son moteur se répercute sur la glace. Quand le chauffeur me demande où je vais, je réponds: «Par en haut», et parce qu'il ne pose pas d'autres questions, je sais que ma réponse a été la bonne.

La route, comme je l'avais rêvée, en serpentant, elle créait des méandres entre les sapins. Après, lorsqu'on avait longtemps roulé, elle devenait droite et raide, et toute la terre perdait sa végétation.

C'était un grand camion qui laissait une trace tellement blanche que là-dessus la lumière du jour ne faiblissait jamais.

C'était un matin d'hiver, un matin froid et sec, un matin précis avec un soleil exact qui disait l'heure.

J'avais imaginé un lieu où on ne discernait rien et là, on ne discernait rien. La blancheur avait tout avalé. Il n'y avait plus de ciel, plus de route, plus de relief. Il n'y avait plus ni forêts, ni animaux, ni rivières.

J'avais imaginé un pays tellement vaste et tellement vide que mon regard, n'ayant jamais appris à se mouvoir dans de tels espaces, se sentirait perdu.

À cause du blanc de la route du Nord, l'œil devenait inutile.

Et j'avais imaginé le bruit du vent comme une plainte, et c'est un gémissement que l'on entendait chaque fois que le chauffeur arrêtait le moteur.

Mes mains restent tranquilles sur mes genoux et mon œil sautille et vagabonde comme on fait lorsqu'on ne prend rien au sérieux.

Parce que j'aime cet espace, ce froid et ce vent, je saute d'un camion à un autre en ayant comme point de repère une route dont on dit qu'elle ne finit pas. Je pense à la maison et à l'école, à l'île et à la maison, à leur attente et au mot fuite *que je n'ose pas prononcer à cause du malheur qu'entraîne un mot comme celui-là.*

Et parce que j'aime la chaleur aussi, mes mains s'animent et je délace mes bottes pour mettre mes pieds au chaud sur le radiateur.

Toujours, j'avais sept ans, j'avais dix ans, j'avais treize ans, et toujours j'avais rêvé de tout quitter et de monter vers le nord. Cependant je pense à eux, plus jeunes, petits et patients. À ces grands tours que nous faisions tous les trois accrochés à une même bicyclette; et je n'ai pas oublié non plus ces jours d'été passés à se rouler dans l'herbe, à se lever la nuit et à pêcher dans le ruisseau.

Je me dis que les étés, le vent et tous ces repères que sont une promenade par la main, des cachettes sous la véranda ou le fait de s'asseoir ensemble du même côté de la table pour manger dans une seule assiette, ça ne reviendra plus, et j'ai pensé qu'ils étaient encore là-bas et, comme je les connais, ils veulent venir me retrouver. Ils ont épié des conversations, relu des lettres; il est certain que, dans leur tête, ils pensent prendre le bac et arrêter un camion.

Tout ce que je découvrais, je le leur disais. Quand nous dévalions les côtes à pleine vitesse, nos cœurs cognaient. Je les voyais me serrer fort pour entendre battre le mien. Et je les voyais avoir peur, puis se calmer. Je sentais leur cheveux contre ma joue.

Je me dis qu'ils sont là-bas, qu'ils vont à l'école, qu'ils font, pendant la semaine, ce que font les autres enfants. Ils disent «caliss»... À quatre heures, la mère sert une collation. Ils font des devoirs et, s'il pleut, ils vont mettre des manteaux de pluie.

Je me dis qu'ils sont cinglés, je me dis qu'ils vont grandir; notre île, c'était une petite île comme le sont toutes les petites îles de par le monde. Tous les jours de la semaine, ils vont à l'école; les week-ends, ils entendent des ragots. Peut-être leur a-t-on permis de dormir dans mon lit?

Ils vont devenir grands. Pour eux, le temps va passer, Noël, d'autres printemps... Ce qui me chagrine, c'est qu'ils vont oublier. La ville, le collège, des parties de hockey et le cinéma...

Nous allions, la nuit, pour écouter les vagues, marcher sur la plage; l'été, inventer des jeux aux quatre coins de la terre...

Nous prenions des gageures, nous lisions des comics books *et nous nous réveillions pour compter les étoiles. Une... Deux... Nous répétions des chiffres et nous inventions des mots.*

Je sais qu'ils marchent matin et soir pour se rendre à l'école. Je sais aussi que le samedi, ils se barricadent dans ma chambre. Oublier? Pour réinventer les bandes dessinées et pour les rendre plus drôles, nous jouions les personnages, nous répétions les dialogues; nous voulions tous les trois et en même temps être Milou.

Nous habitions une petite île d'Amérique, c'est ça, semblable à toutes les petites îles en Amérique, se confondant les unes aux autres et de cette façon rendant pareilles les conversations. Pour les courses de tous les jours, il y a le marché central. Le samedi, les gens se rencontrent sur le bac pour traverser à la ville.

Ils vont à l'école. Quand ils seront plus grands, ils auront eux aussi un vélo et, si le père et la mère ont de l'argent, ils les mettront au collège. Ils vont grandir, le continent est immense; je me dis qu'ils vont changer.

Lorsque j'étais en retard, ils m'attendaient dans les marches de l'escalier et, si je ne rentrais pas, ils croyaient que je ne les aimais plus. Ils me donnaient des bonbons. Si je recevais une lettre, ils la portaient sur eux toute la journée. Lorsque j'étais puni, ils avaient plus de peine que moi je n'en avais et que j'aie perdu mes mitaines a été pour eux une tragédie. Lorsque j'étais malheureux, ils étaient inquiets; de me voir triste, ils se mettaient à pleurer.

Ils étaient les plus jeunes et j'étais le plus grand. Des après-midi entiers nous marchions sur le chemin qui surplombait la mer. Pour être plus longtemps tous les trois, nous nous levions de bonne heure; dans les tempêtes, nous allions en nous tenant la main.

Ce qui me chagrine le plus, c'est de penser à tout ce temps que durera mon voyage.

Ils sont encore là-bas, à l'école; plus grands maintenant; en semaine, ils ont hâte au samedi, comme moi j'avais hâte aux congés. Ils sont paresseux. Et ce qui m'embarrasse, c'est d'apprendre à jouer avec les mots. Peut-être l'expression toute la vie *est-elle inoffensive, dénuée de malice, et qu'on l'utilise simplement lorsqu'on veut marquer une longue période de temps?*

Ils prennent des avions et ils achètent des voitures. Ils le feront. Pour oublier, ils feront des voyages et pour nommer ces voyages ils diront: «Nos vacances.»

Le vendredi, devant la télévision, nous luttions sur le tapis du salon.

Un jour, ils achèteront des maisons de campagne et certaines années, les morveux y passeront les vacances en disant «Notre campagne».

Ce qui me fait de la peine, c'est lorsqu'on oublie le sens d'un mot.

40

Il écrit. Des lettres qui ne nous arrivent pas. Aux hommes qui l'ont rencontré, parfois nous posons des questions, mais ils n'en savent jamais beaucoup. Pourtant, il écrit. La route est longue et la plupart du temps elle est enneigée. Il faut voir l'écriteau:

À PARTIR D'OBEDJIWAN: ENTRETIEN SAISONNIER
PRIÈRE DE S'INFORMER

À ceux qui pensent l'avoir reconnu, nous posons des questions: Comment est-il? Son visage, à cause du grand air, doit être entièrement buriné. A-t-il retrouvé ses mitaines?

Mais ceux qui ont fait la route ont si peu l'habitude des mots qu'ils n'osent pas aller plus loin. Nous voudrions demander s'il a faim; bien sûr, nous croyons qu'il a froid... Ceux qui disent l'avoir vu sont évasifs, croient l'avoir reconnu, mais ne sont jamais certains de rien.

Nous voudrions poser des questions précises et demander pour le dessin sur son bras, mais nous n'osons pas.

Comment est-ce possible? Une île, une maison, une famille... Pas loin de la maison coule un ruisseau; après, ce sont les falaises et les dunes sur d'immenses étendues.

Des histoires comme celle-là arrivent? Une île de l'Amérique du Nord comme le sont toutes les îles de l'Atlantique; avec des maisons de bois, des jardins et des antennes paraboliques. Ce que nous n'avions pas, nous l'avions vu à la télévision et le plus souvent ce que nous voyions à la télévision nous était arrivé. Des histoires où celui qui était parti revenait. Des gestes simples, des gestes drôles; on joue la comédie. Et puis des histoires où l'on reçoit du courrier, un coup de téléphone; les films pouvaient se terminer avec quelqu'un qui descendait d'un train.

S'il recevait une lettre, nous la portions sur nous toute la journée. Et nous avions pleuré le jour où nous l'avions vu pleurer. Il s'était enfui un jour de semaine et nous avions cru qu'il n'avait pas voulu nous embrasser.

Pourtant, il écrit. Des lettres parfois longues, mais comme nous le connaissons, il est bien capable de se contenter d'un mot. Peut-être – depuis le temps, nous avons appris qu'il saura toujours nous étonner –, peut-être dans une de ses lettres, un peu négligemment et sans y faire attention, nous annonce-t-il son retour? Il vaut mieux ne pas y penser. La route est longue et le chemin est encore plus difficile pour qui a trop prévu.

Plus que tout au monde, il voulait aller voir là-haut et pour y arriver il aurait bravé le ciel.

Il croyait que les nuits et les jours, que les saisons, comme les couleurs...

Il disait qu'il aimait ce qui est grand.

Il croyait que tout ce qui fait que l'on peut reconnaître un lieu, une saveur, quelqu'un... il pensait que les couleurs par exemple, elles étaient déjà des obstacles pour l'œil.

Il aimait ce qui est loin.

Et il disait qu'à être trop proches, côte à côte dans son lit ou accrochés ensemble sur son vélo, on ne pouvait pas s'aimer véritablement.

Peut-être – nous savons depuis toujours qu'il ne ressemble à personne –, peut-être, dans une de ses lettres, nous annonce-t-il qu'il n'en peut plus de cet éloignement et que, là, maintenant, il est sur le point de le faire cesser?

Comment cela a-t-il été possible? Une île dont on contrôle toutes les entrées et toutes les sorties. Une route bardée d'écriteaux. Un ruisseau et une télévision qui nous inventent tout ce que nous n'avons pas. Était-il seulement plausible de penser que tout ce qu'il voulait, c'était de partir par en avant et de s'enfuir au loin?

On dit: CANIAPISCAU, 5000 KILOMÈTRES. Après on dit: DANGER. RISQUES D'ISOLEMENT.

Un monde où quelques chemins partent et reviennent vers les quais, nous l'avons dit, avec des arbres et un chemin de ceinture. Les rues les plus belles sont celles bordées par les anciennes maisons de bois. Chaque jour de l'année est différent de l'autre et cela s'accentue encore quand on parle des semaines, des mois ou des saisons.

Était-il imaginable qu'il nous quitterait un jour en nous laissant tout seuls sur nos bancs d'école? Toujours, il avait fait glisser ses mains sur des cartes, fait tourner le globe terrestre avec son pouce. Il nous avait pris sur sa bicyclette; il avait soufflé sur nos doigts.

Était-il seulement sensé de prévoir qu'il nous abandonnerait là sans s'occuper de ce qui pourrait nous arriver par la suite?

Une petite île, nous ne le répéterons jamais assez; belle comme sont les îles d'un pays riche. Des maisons modernes et des maisons plus anciennes. Un parc, un jardin; les jours les plus beaux de l'année, c'est quand c'est l'hiver ou quand c'est l'été. Pour aller à l'école, on marche sur les trottoirs de bois, le samedi on traverse parfois jusqu'à la ville d'en face.

Comment croire qu'il laisse ses cadeaux de Noël perdus et comment nous imaginer qu'il ait pu pour vrai nous oublier?

Il écrit. Il nous en a fait la promesse et nous sommes certains de sa loyauté. Ce ne peut être qu'un mot rapidement griffonné comme ce peut être de longues lettres composées de longues phrases s'accrochant les unes aux autres, serpentant... nous dirions à la file indienne, comme nous allions avec lui dans les champs.

La route est mauvaise et le courrier a du retard; mais il écrit.

Sur le vent et le bruit des moteurs. Tel que nous le connaissons, il décrit un espace tellement grand qu'on marche dans le vide en levant les bras comme on fait lorsqu'on marche dans le noir.

De plus, il y a les tempêtes et, parfois, il parle des torrents qui emportent les ponts de bois.

Il nous écrit.

Sur les couleurs, le temps qu'il fait, sur les chauffeurs des camions. Il écrit sur tout ce qui se nomme avec des mots que nous connaissons, en français, en indien, souvent en utilisant des mots à consonances bizarres et qui viennent nous inquiéter.

Pour dire bleuet, il dit *ilniminam*. Pour dire hache de pierre, il dit *ashini ushtshk*. Et s'il y a des mots que nous ne comprenons pas, il fait comme si de rien n'était et il continue son chemin.

Il a peut-être écrit qu'il reviendrait et nous n'avons pas compris? Peut-être, pour dire des choses terribles, donner une date, ou parler d'un retour, a-t-il employé les mots d'une langue que nous ne connaissons pas? Il a dû traverser les territoires des Cris, des Montagnais et des Attikameks. Et si, par exemple, il nous annonçait un jour la date de son arrivée en inuttitut, avec des phrases difficiles à comprendre? La langue des Inuit nous est étrangère, et l'angoisse de ne pas être là pour l'acueillir dans la maison sur la falaise nous terrorise. Toute cette attente a dû nous ébranler.

Parfois, s'il est pressé – mettons s'il va tout de suite sauter d'un camion à un autre –, ce ne sera qu'un mot griffonné sur un carton. S'il séjourne dans un relais, ce sera de longues lettres qu'il oubliera de poster. Tous les hivers se passent comme ça.

Et si, un jour, il voulait nous étonner avec un élément tout neuf, ce serait avec les dessins des bêtes qu'il voit sur la neige. Avant, il adorait dessiner des autos. Peut-être a-t-il appris à connaître les élans? Leur pelage comme l'automne, leur panache comme des branches... et si, sur la route du Nord, il voit des perdrix s'envoler, il se rappellera les oies sauvages dont il aimait le vol en V.

Il nous faisait monter sur son vélo.

Il pouvait rester des nuits entières à bricoler des moteurs.

Sur la route du Nord, il est celui qui veut toujours aller plus loin.

41

Comme au cinéma, les feuilles marquant le temps s'envolaient. Un jour, un geste simple nous jeta par terre: le père changea le calendrier sur le mur.

Nous aurions voulu dire qu'il ne fallait pas, que celui qui était accroché près de la fenêtre de ce qui était maintenant notre nouvelle cuisine avec ses photos d'or et de rouge pour octobre, bleu pour juillet ou blanc pour l'hiver... Nous aurions voulu lui dire que ce calendrier-là nous suffisait... amplement... qu'il n'était pas nécessaire d'en mettre un autre... Ce que nous aurions voulu crier surtout, c'est que nous n'en pouvions plus de patienter.

Un jour, on plaça encore un nouveau calendrier avec lui aussi une mer bleue pour juillet, avec le fjord de la rivière Saguenay pour l'automne, et nous sûmes ce jour-là que dans notre attente il nous faudrait nous conforter.

Il disait que nous étions comme lui et que nous étions paresseux; savait-il que, chaque matin, nous nous levions pour aller à l'école à six heures? Et il disait que nous étions comme lui, que nous lui ressemblions quand il avait notre âge et pour nous, c'était la plus belle des fêtes.

Depuis des semaines, des mois... depuis des éternités qu'il était impossible de mesurer tellement le temps peut être long, il était parti sur la route sans donner de nouvelles, et nous avions traversé à la ville menottes aux poings comme des prisonniers.

Et puis les feuilles marquant le temps s'envolaient.

Mais nous nous rappelions, et ce qui avait été dit avait été dit: nous étions comme lui, et toute notre enfance avait été belle de mots comme ça.

42

Il y a des jours, et je ne saurais dire pourquoi je me sens proche du but. Peut-être à cause de la lumière, peut-être aussi à cause du froid; j'ai l'impression que le bout de la route est à côté, que quelques kilomètres encore et ce sera la fin. Ça peut dépendre de la lumière ou du froid. Le vent, je ne sais pas. Mais ça peut dépendre aussi du vent qui se fait plus chaud et qui siffle comme les moteurs.

Il y a des jours, à cause de la fatigue par exemple, du blanc du ciel et de la terre, toujours le même, où se dessine la quasi-certitude d'être arrivé. Le temps est long. Le ciel et la terre sont pareils. Le vent est fort, l'air plus doux et c'est comme si certains jours sur un écriteau on avait indiqué: 1 KILOMÈTRE, FIN DE LA ROUTE... Ou quelque phrase comme ça.

Je sais bien que l'écriteau est illusoire, mais le vent, le ciel, la neige... certains jours, ils s'arrangent pour nous faire voir qu'encore un peu plus loin et la route, elle va pénétrer sous la glace. Un paysage blanc et neuf, tout fait de transparence et de tranquillité; c'est à ne pas y croire.

Je saute dans les camions. Et même si je continue d'avancer sur une surface plane et sans repère, parfois à cause de quelque chose dans le vent, j'ai l'impression que c'est la fin. Mais je suis toujours celui qui va trop vite, et ce que je crois sur le point d'arriver n'arrive pas.

Les camions roulent.

La route est droite.

Les camions roulent; il neige et le jour ne baisse pas.

C'est toujours la nuit, là, entre le Nord et le Sud, sur des terres que battent les vents et où la lumière ne change jamais. Après, quand il y a le jour, on retrouve le jour tout le temps. Longtemps. C'est le jour sans changer du matin au soir, alors que les matins et les soirs n'existent plus. Après, quand c'est le jour, le jour dure tellement longtemps qu'on en vient à croire qu'on s'est perdu. Il fait noir partout. Ou il fait blanc partout. En fait, que l'on soit le jour ou la nuit, quelle différence? Ce qu'il est important de noter, c'est que le temps est long. Et qu'il n'y a personne avec qui parler. Les truckers *ne disent rien. Et rouler dans une nuit sans fin ou dans un jour qui ne s'arrête pas nous donne l'impression que quelque chose s'achève et qu'on est proche du but.*

Encore bien des années plus tard, tout ce qui nous parlait de voyage nous ramenait à lui. Et chaque fois que le père s'arrêtait pour faire le plein d'essence par exemple, nous regardions les mains du garçon qui vont et viennent sur le pare-brise, qui touchent l'eau froide et l'eau sale... et puis qui reviennent, comme si de rien n'était, s'accrocher à la poignée de la pompe. Ces mains-là... − il vaut mieux ne pas y penser − ... qui montent vers le haut, qui vont vite et qui ont froid, mais qui font semblant et qui font comme si... Pour l'huile, il faut le demander, alors que pour le lavage du pare-brise, c'est automatique chaque fois que le père s'arrête pour faire le plein d'essence.

Et que se passe-t-il dans nos têtes lorsque le père demande qu'on vérifie l'huile?

Le capot qu'on ouvre, le torchon qu'on sort de sa poche... et ces mains qui glissent, qui renfoncent la pointe du marqueur pour la remonter jusqu'à la hauteur des yeux... ces mains-là, c'étaient les tiennes, Ti-Lou?

Notre enfance n'a pas de frontière, elle va dans tous les sens comme pour ne jamais se dire et mieux se dérober.

Elle se cache dans les coins; nous nous rappelons avoir dormi sous son lit.

Notre enfance est faite de calendriers dont les pages s'envolent, comme dans ces films d'autrefois. Après plusieurs mois, on les remplace. Alors seulement nous nous inquiétons.

Dès que nous voyions un arbre, nous essayions d'y grimper. Nous escaladions des roches aussi. Dans les forêts, l'hiver, on pouvait voir des pics-bois.

Notre enfance est un espace sans frontière et qui déborde l'île que nous avons quittée, que l'on traîne comme des chaînes; des maux qui durent maintenant depuis bien trop longtemps.

Nous voulions être des adultes, mais nous n'y réussissions pas. Nous continuions de marcher avec nos foulards attachés sur la nuque; nous voulions aussi nous mettre dans la tête que nous ne le reverrions plus, mais nous nous rebellions.

Tellement d'années passées à attendre le facteur, à parfois jeter un coup d'œil à la dérobée au téléphone en souhaitant qu'il comprenne. Bon Dieu, fais que le téléphone.... Chaque jour, nous apportions une pierre dans la cour et chaque matin nous allions voir dans la boîte aux lettres. La chaîne des petites roches fait maintenant plusieurs fois le tour de la maison et depuis que nous sommes à la ville, nous passons prendre le courrier au bureau de poste.

Notre enfance est faite de saisons, quatre par année, d'innombrables saisons à se dire comment il était et à regarder les photos; si c'est l'hiver, nous disons: «Aujourd'hui il serait allé en skis»; l'été, on parle de la durée du temps qu'on est resté dans l'eau.

Lui, ses épaules, ses genoux; les doigts de ses mains... S'il partait dans les bois, nous courions derrière lui et s'il n'avait pas faim, il nous donnait ses gâteaux. Le temps passe; jusqu'où peut-il aller? Et l'attendre, ça durera encore longtemps?

Une route, une île... Aujourd'hui, il nous reste des photos. Des albums que l'on empile dans des tiroirs. Au début, on les feuilletait tous les jours; puis, ce fut plus rarement.

L'été, l'automne, l'hiver; après, le printemps. Des albums que l'on retrouve et auxquels on se raccroche sans savoir pour quelle raison.

Dans la neige, avec des citrouilles, dans l'île... Sortir sa bicyclette est le premier signe du beau temps.

D'autres photos des anniversaires, de Noël et de l'école, car qu'y a-t-il d'autre à cet âge-là?

Et si, un jour, du pays de l'ours polaire, pour faire comme sur les cartes, il nous envoyait des dessins, nous jurons que nous recomposerions les albums un à un et que nous resterions des heures à les regarder. Là, on ne voit que du blanc. Ici, quelque part entre du blanc et du blanc, une petite coquille jaune ou rose qui flotte sur ce qui pourrait être une ligne d'horizon. Poste d'essence. Là, un flocon de neige montre l'accumulation... Ici, c'est un camion. Un camion... encore un camion... En fait, notre attente est devenue intolérable et une chaîne de petits camions noirs qui se balance entre deux océans, c'est à peu près tout ce que nous pouvons supporter.

Somme toute, une route, des dessins, un *grader*, il n'y a pas là de quoi inventer une histoire? Nous ne pouvons pas pousser un cri.

Somme toute, une maison avec un ruisseau, un bac et des bouts de films ne sont guère plus que ce que l'on retrouve partout ailleurs et ce ne sont pas des éléments qui valent la peine d'être mis ensemble et d'être racontés. Tout est toujours à recommencer. Pour retrouver le cimetière caché dans l'herbe, nous n'avons pas d'autre moyen que de retourner dans l'île; derrière une butte peut-être pourrions-nous découvrir là-bas la Buick Riviera maintenant abandonnée aux coquelicots?

Notre enfance est faite de coups de pied, de bouts de rêves qui s'accrochent les uns aux autres entre les insomnies, de jours d'école et de jeux qui donnent sur des murs.

Nous allions jusqu'à la boîte aux lettres; les matins tranquilles, nous entendions venir le facteur..., et puis le facteur passait tout droit; même lorsqu'il s'arrêtait, la lettre était toujours pour quelqu'un d'autre et nous n'avions rien.

Une terrible durée qui se compte maintenant en années, qui se continue et qui prospère. En cette veille d'anniversaire, nous posons clairement la question: comment parvenir à l'âge adulte? Là-bas, on sait qu'il y a la route solitaire. On sait aussi qu'il continue sa course, qu'il va d'un camion à un autre, en ligne droite... on a rajouté: entre deux océans. Nous disons: peut-être que dans une même quête verrons-nous un jour s'associer ensemble le bac, le *grader* et les camions? Nous continuons d'y croire mais, pourtant, les mots à eux seuls ne nous contentent pas.

45

Prendre un couteau et le pointer sous sa gorge. En bombant le torse, pousser sur la lame. Être assez grands pour le regarder dans les yeux.

Nous disons: «Dis que tu resteras, dis...» et chaque fois, nous piquons un peu sous son menton.

Quand il sera de retour, les jeux que nous inventerons oseront aller jusque-là.

Sa gorge où monte et descend une boule. Les deux lignes du cou qui se rattachent aux épaules à angle droit. Et puis, le col de sa chemise qui est taché de sang.

«Dis: je.

– Je.

– Resterai.

– Resterai.

– Maintenant dis: toujours... Dis... dis...», et la lame, avec chaque mot, s'enfoncera un peu.

Quand il reviendra, nous aurons grandi et nous jouerons à des jeux aussi terribles que pourrait l'être ce jeu-là.

Là-bas, sur une route impossible à suivre, il y a quelqu'un qui cherche, qui tombe et qui n'aura de cesse que lorsqu'il aura trouvé le vent chaud.

Une main au-dessus du globe terrestre bascule de l'autre côté de la terre.

Et puis là-bas, plus haut que les territoires des Abénaquis, des Algonquins et des Attikameks, il y a quelqu'un qui gèle, qui pleure et qui, nous osons à peine le croire, parfois pense à nous.

Notre enfance, qu'on n'en finit plus d'enterrer, mais qui resurgit sournoisement dans les interstices d'une nuit d'été ou les couleurs du mois d'octobre. Un héros qu'on recompose à partir d'éclats de rire restés dans l'oreille, d'images des bêtes selon leur aire de répartition, à partir des photos des albums.

Lorsqu'il voulait se baigner, nous sautions dans l'eau et quand il dormait tard le samedi, nous marchions sur la pointe des pieds... et puis tellement d'autres choses encore qui nous hantent et qui nous poussent vers l'abîme.

Nos jeux.

Nous lui mettrons le couteau sous la gorge et puis nous le provoquerons:

«Crie, cochon... Crie...»

La ligne de ses épaules sous un chandail de laine.

Et puis ses mains qui se retournent et qui volent dans l'air, belles comme les pages d'un calendrier.

46

Il écrit. Après avoir préparé son havresac, accroché ses bottes et roulé son *sleeping*, il a ouvert la porte. Avant, il avait serré la main des hommes.

Il y avait une neige neuve et c'était le matin.

Après avoir regagné la route, il a arrêté un camion et il est parti pour le Nord. Avec l'équinoxe et la glace sous le soleil disparaissait la dernière chance de le voir changer d'idée.

Il avait voulu attendre le printemps et c'était le printemps. Il avait voulu que ce soit le matin et le lever du jour. Nous aurions souhaité qu'il revienne, mais il avait choisi d'aller plus loin sur la route en nous tournant le dos.

Comme lorsque nous l'attendions dans l'escalier, comme lorsqu'il lâchait les guidons de son vélo ou qu'il rentrait après trois jours sans avoir dormi, il nous mettait à l'épreuve et nous l'aimions quand même. Nous lui donnions des baisers. L'attendre et le voir s'en venir sur le chemin...

Comme lorsqu'il défiait le père et la mère, comme lorsqu'au volant de la Buick volée, il écrasait la queue des chats, nous le trouvions beau, nous embrassions ses mains; mais lui dire que nous l'aimions, nous ne savions pas.

Quand arrivait le mois de juin, sa peau prenait la couleur des fleurs de l'île. Nous lui donnions nos bonbons. Pour le sapin de Noël, nous faisions les difficiles. Et puis, nous étions fiers quand il était venu nous enlever dans la nuit.

Encore. Il écrit. En ville, on dit qu'il est fidèle à son chemin. On est certain qu'il ne l'a pas quitté.

Quand était arrivée la fin de l'été, nous aurions préféré mourir que de le voir partir pour le collège.

En ville, on dit maintenant qu'il est très loin sur la route. Certains pensent qu'il ne reviendra pas.

Nous posons des questions. On dit qu'il va d'un camion à un autre, toujours plus haut. Pour le sac et le *sleeping,* on croit savoir. Nous posons des questions sur ses bottes. Pour le tatouage, nous n'osons pas.

En ville, des camionneurs qui viennent d'arriver disent qu'on l'a vu. Avec le nouveau dégel, les rumeurs se sont amplifiées. Nous guettons le facteur. Parce qu'il écrit.

Sur la route, il voit la neige, bleue, parce qu'il sait que la neige est bleue; blanc, parce qu'il devine que le ciel est blanc. Il dit que c'est le vent qui fait monter la neige dans le ciel. Il dit que, là-bas, le ciel et la terre, c'est pareil.

Entendre au loin le moteur d'un camion. Inventer une piste chaque fois que l'on est perdu.

Il dit qu'il ne voit pas d'animaux. Il dit que le dernier troupeau de caribous date de longtemps. Il dit que le vent, quand on le connaît, il peut être doux sur la peau.

C'est tellement grand.

Il dit que, parfois, avoir des yeux ne sert à rien. C'est tellement blanc.

Il n'y a plus de jour et il n'y a plus de nuit. Les mots que l'on prononce ne comptent pas. Il s'endort, la tête sur le tableau de bord des camions.

47

Des images me reviennent. Je laisse le bruit des moteurs devenir le chant des vagues. À la descente du bac, je compte les camions…

Pour que l'été dure et pour que le vent continue à être bon sur la peau, je vais monter à la station-service. On dit: «Il y a un film où le héros regarde l'herbe pousser», et comme le héros du film, je cours dans les champs, je me couche sur le ventre et, comme le héros du film, je me mets à pleurer.

«Il y a une route.»

On dit aussi: «C'est une route tellement vieille qu'on ne sait plus où elle va. Il y a la neige. Dessus passent des camions.» Et tout de suite, je comprends que ce qu'on dit est vrai.

Boire du Pepsi en roulant à bicyclette, d'un geste faire lever sa roue d'en avant, écraser la queue des chats; je crois qu'il existe un endroit où il est possible de toujours vivre comme ça. Je crois, parce que les truckers l'ont dit, qu'il y a là-bas au nord un espace immense et propre où le vent est libre et où les rires se multiplient sur la glace.

Et puis, comme le héros du film, me coucher sur le sol et regarder l'herbe pousser, marcher dans les rues jusqu'au matin et boire du rhum à grandes gorgées, pour cela les truckers *ont dit qu'il faut aller plus loin, là-bas, parce que c'est plus grand et plus beau.*

Pour conjurer le sort, je répare des moteurs. J'apprends des mots iroquoiens et j'enjambe le ruisseau. Là-bas, il y a la route, longue, belle et cachée... longue, belle et tellement vieille qu'on la dit enfouie sous la glace.

Dévaler les côtes en lâchant les guidons, croquer des cerises à même la branche du cerisier et pisser contre l'aile d'un vieux camion... Pour que le jour vienne et pour que le temps vire au beau, j'ai dessiné un trajet sur le papier. «La route du Nord monte tellement loin...», et pour que mes pieds soient solides et mon pas assuré, j'ai accroché une paire de bottes à mon havresac.

Il écrit. Nous savons qu'il écrit, mais nous savons aussi depuis toujours que ses lettres se perdent. N'est-il pas normal que là-bas, sur la route, il n'y ait pas de retour du courrier?

L'hiver est long et quand vient le dégel, tous vous le diront, c'est pire. Les ruisseaux se gonflent et, sur les chemins, à tous les cent pas, apparaissent des crevasses. Le courrier se rend mal, le dégel explique le retard et nous attendons des lettres qui ne nous arrivent pas.

Pourtant, il écrit. Des hommes ont dit l'avoir vu. Allant d'un camion à un autre, montant toujours plus haut et gardant ses mitaines parce que, là-bas, c'est toujours l'hiver. Nous disons: «Était-ce bien lui?» Et nous disons aussi: «Sur la route du Nord, les jours ne finissent pas.»

Pour aller toujours plus loin, il grimpe dans des camions. Pour que les chauffeurs s'arrêtent, il fait un signe de la main. Il protège son visage avec la cagoule de sa canadienne.

Certains croient l'avoir vu. Nous disons: «A-t-il toujours son sac avec son *sleeping* roulé dessus? Sur la route du Nord, les relais sont rares et on peut avancer des jours et des jours sans rien trouver.»

Nous disons aussi: «Un sac avec des bottes qui pendent sur le côté?» Nous disons: «Était-ce bien lui?...», et les chauffeurs des camions ricanent, hésitent, et parfois, sans que nous sachions pourquoi, ils se comportent comme s'ils avaient trop parlé.

Quand quelqu'un nous semble plus sérieux qu'un autre, nous nous approchons lentement. Quand un chauffeur nous semble plus honnête, nous voulons le retenir: le sac, les bottes et le *sleeping*, si nous l'osions, nous parlerions du dessin sur son bras: avec des roues, avec des ailes, des lignes et des couleurs qui dessinent une carte avec tout le trajet qui reste à faire... était-il encore juste là où ce n'est plus le bras et pas encore le commencement de l'épaule? On dit que ça ne s'efface jamais. Peut-être a-t-on remarqué quelque chose sur sa peau?

Quand il est parti, il venait d'avoir quinze ans. Au collège, les gens de la côte, puis toute l'île avaient parlé. Nous ne connaissons pas son visage d'homme.

Quand il est parti, nous avions voulu mourir. Après, l'attente des lettres et les saisons qui passent nous avaient rendus méfiants.

Aussi nous y allons lentement; nous cherchons les mots. Bien sûr, l'hiver... Des mitaines, oui... on a vu un garçon qui va tout seul, d'un camion à un autre; mais comment savoir pour le dessin sur son bras?

Là-bas, il y a du gel et du dégel et, nous l'avons déjà dit, utiliser ce qu'on appelle une salière, c'est pire... et puis ça fait trop longtemps et la neige est trop blanche, et le vent est trop fort. De l'île, il est allé au collège et du garage Shell, il est monté dans un camion sans que nous ayons eu le temps de lui faire un bye-bye. C'est vrai tout ça.

Il est parti sur la route; il aura vingt ans demain.